Palabras a medias

BLANCA BUSQUETS

Palabras a medias

Traducción de
Cruz Rodríguez Juiz

Grijalbo

El papel utilizado para la impresión de este libro ha sido fabricado a partir de madera procedente de bosques y plantaciones gestionadas con los más altos estándares ambientales, garantizando una explotación de los recursos sostenible con el medio ambiente y beneficiosa para las personas.

Por este motivo, Greenpeace acredita que este libro cumple los requisitos ambientales y sociales necesarios para ser considerado un libro «amigo de los bosques». El proyecto «Libros amigos de los bosques» promueve la conservación y el uso sostenible de los bosques, en especial de los Bosques Primarios, los últimos bosques vírgenes del planeta.

Título original: *Paraules a mitges*

Primera edición: octubre, 2014

Printed in Spain – Impreso en España

ISBN: 978-84-253-5262-1
Depósito legal: B-16723-2014

Compuesto en Fotocomposición 2000, S. A.

Impreso en Romanyà Valls, S. A.
Capellades (Barcelona)

GR 5 2 6 2 1

Annabel

Nos hemos quedado los tres estupefactos cuando mi padre ha pedido ver a un cura, porque siempre nos ha dicho que no ha vuelto a pisar una iglesia desde que hizo la comunión, pero todavía nos ha sorprendido más el motivo:

—He... matado... a... un hombre.

Lo ha dicho entre espasmos agónicos. Mis hermanos y yo nos hemos mirado un momento y luego Albert ha espetado:

—Te lo imaginas, papá... ¡Tú no has matado a nadie!

Pero al oírlo mi padre se ha inquietado todavía más y ha dado la impresión de que quería levantarse para ir a por el cura. Hemos tenido que impedírselo entre los tres y volver a acostarlo con delicadeza. Emite unos jadeos terribles, parece que busca aire y no lo encuentra. Pero, pese a todo, ha vuelto a hablar:

—Dejadme, que tengo que confesarme... No puedo irme así al otro mundo.

—Pero si tú no crees en Dios, papá...

—Ya lo sé, pero por si acaso...

Vaya, por si acaso. Ya decía la abuela que nadie se acuerda de santa Bárbara hasta que truena. Con un gesto, mi hermana Nina nos ha indicado que ya se encargaba ella de avisar al cura. Y se ha marchado. Yo me he inclinado sobre mi padre:

—Ya está, el cura viene enseguida… Tranquilo.

—Gracias a Dios… —ha respondido, más relajado.

Le he mirado atentamente y no me he resignado a quedarme sin saber la verdad de su insólita afirmación. Aunque sigue jadeando, se le ve más tranquilo. De repente, Albert le ha bombardeado con un aluvión de preguntas como si estuvieran sentados en el sofá de la sala:

—Veamos, papá, ¿a qué viene eso de que has matado a un hombre? ¿Cuándo? ¿Disparaste a alguien cuando ibas a cazar?

Mi padre de joven era cazador, o eso cuenta.

—No, no, qué va… No, no… Fue hace muchos años… —añade, acompañando las palabras con un débil ademán.

—¿Ah, sí? ¿Cuántos? ¿Cuándo ocurrió?

Albert no se anda con rodeos y yo no lo freno, porque no quiero que mi padre se muera sin habernos explicado a qué se refiere exactamente. Papá resopla para decir:

—Aquella noche… Aquella noche tan larga.

Calla y parece perder la conciencia. Albert insiste:

—¿Qué noche, papá?

Entonces, de pronto, mi padre abre los ojos y nos mira. Después vuelve a cerrarlos y dice:

—La del 23-F.

—¿La del 23-F?

Lo hemos repetido los dos al unísono. Mi padre asiente con la cabeza mientras continúa resollando. Después vuelve a pedir un cura, yo le cojo de la mano y Albert lo calma asegurándole que el cura llegará enseguida. Mi hermano y yo cruzamos una mirada interrogadora. Luego me aparto un poco, me siento en una silla y cierro los ojos. Esta casa huele a muerto. Y el 23 de febrero de 1981 todas las casas olían a muerto, pero de otro tipo. La primera duda que me asalta es si mi padre tuvo algo que ver con los militares que protagonizaron la insurrección la tarde del golpe de Estado. Si los ayudó en algo. O si fue al revés, si vino alguien a darle órdenes y papá se negó a acatarlas y ese alguien lo amenazó y entonces él tuvo que defenderse.

Pero no puede ser, me digo. Papá estaba aquí, en el pueblo, y no tenía trato con los militares. Mi padre se ocupaba de la granja y mi madre de la perfumería. Y del golpe de Estado, aquí, todo el mundo se enteró gracias a la radio, porque en la tele no dijeron nada hasta bien entrada la noche. Ay, la tele. Por entonces era en blanco y negro. Al menos en el caso de mis padres, porque a ellos no les llegó el color al televisor hasta más o menos el año 1985. Para qué quieres que cambiemos la tele, refunfuñaba mi padre. Y mamá ponía los ojos en blanco, suspiraba y dejaba el tema. Mi dulce mamá, si papá cometió algún disparate, seguro que ella no tenía ni idea, porque siguió queriéndolo de aquel modo en que mi madre quería a todo el mundo, con suavidad y ternura, con caricias y miradas de complicidad.

Pero no, papá no hizo nada. Dicen que cuando estás muriéndote, como el oxígeno no riega debidamente el cerebro, te imaginas cosas. Será eso.

—No estabais. Vosotros no estabais…

Ha abierto los ojos para decirlo y después se ha sumido en un letargo nostálgico y angustiante. No, yo no estaba. Miro a Albert, que se apresura a aclarar:

—Esa noche estaba fuera… Vivía en Ripoll.

No puedo asegurarlo, pero me ha parecido que mi hermano se sonrojaba. De todos modos, Nina sí estaba… Ella debía de estar… Nos callamos hasta que llega nuestra hermana con el cura. Se oye un murmullo en la escalera de abajo, en la antigua, y después el cura asoma por la puerta. Saluda y se apresta a entrar en la habitación del enfermo.

—Madre de Dios, no tenía ni idea... —dice en cuanto lo ve. Y sentencia—: Necesita la extremaunción.

Mi padre abre un ojo y lo ve:

—Padre, he matado a un hombre...

El cura finge no inmutarse.

—Ahora me lo cuentas. Tranquilo, Dios lo perdona todo...

—No creo en Dios, pero es que he matado a un hombre...

Se diría que papá se ha reanimado al ver al sacerdote. El cura se gira y nos mira:

—Si nos dejáis solos... Es secreto de confesión.

—¡No, no! —se lamenta de pronto mi padre—. Quiero que se queden... Tienen que saberlo todo... todo.

A mí no me apetece saber nada de aquella noche. No quiero recordarla. No hay que recordar las esperas sin final feliz. Solo debe recordarse lo que ha terminado solucionándose o, de algún modo, nos ha proporcionado placer. No hay nada peor que esperar sin esperanza, que esperar sin futuro. Albert agarra a Nina y se la lleva a un rincón. Supongo que le pregunta si sabe algo de lo que dice papá del 23-F. Cuando regresan, los dos niegan con la cabeza. O sea que Nina tampoco sabe nada. Quizá el chico... Uy, pero el chico, si ya había nacido, todavía sería muy pequeño.

Yo, ahora, me iría, pero papá quiere que estemos presentes. Y a mí, aunque me intriga esta historia según él tan macabra, no me apetece nada escucharla. La pobre Nina, antes de sentarse a mirar a papá con los ojos como platos, ha colgado otra botella de plástico con un líquido transparente de la percha con tubos que van a parar al brazo del moribundo.

—Así estará más tranquilo —ha explicado con una tímida sonrisa.

Nina, de adolescente, quería meterse a monja, y mi padre montó un escándalo. Pero qué os pasa a las mujeres de esta familia que a todas os da por vestir los hábitos, refunfuñaba mi padre. Lo decía porque a mi madre la pescó cuando ya era novicia en el convento de Vic. Tenía que pasarle precisamente a él. Durante una temporada mi padre fue a almorzar al convento, como otros muchos hombres que no tenían adónde ir a mediodía, y allí había una novicia que le servía la comida a diario, una novicia que conocía porque era del pueblo, una novicia angelical que le arrancó una sonrisa. Y, teniendo en cuenta que arrancarle una sonrisa a mi padre constituía un hecho insólito, aquel detalle significaba mucho, tenía mucho valor. La novicia, que era mi madre, la hermana Isabel, le acariciaba el pelo con las mangas del vestido todos los días. A papá se le ponían los pelos de punta. Luego, ya no lo acariciaba solo con las mangas, sino con todo el hábito. Eran insinuaciones leves, sutiles, naderías que para ellos conformaban un lenguaje distinto construido a base de miradas y gestos, de pequeños temblores y de servirle a mi padre más comida que al resto o de guardarle la mejor ración de postre. El hábito se pegaba a la ropa de mi padre. Tanto se enganchaba que un día saltó por los aires. Cosas que pasan; ni mis hermanos ni yo hemos sabido nunca cómo sucedió exactamente, pero la cuestión es que al poco tiempo la atractiva novicia del convento se casó y enseguida nací yo. Cuentan que fui ochomesina.

Mi padre se trajo aquí a mamá, a la casa solariega de la

que era heredero primogénito, donde nos encontramos ahora. Pero tienes que permitirme que nuestros hijos reciban una educación cristiana, se ve que le pidió mi madre. Y él le dijo que sí, que lo que quisiera, que nos hiciera todo lo cristianos que le viniera en gana. Lo que no se esperaba mi padre era que una hija, la pequeña, también quisiera meterse a monja como mi madre. Suerte que se le ha pasado, exclamó mi padre cuando Nina cambió de opinión. Pero ahora es él quien ha mandado a por el cura. Yo voy poco a misa, pero me han hablado bastante bien de él. Lo miro de reojo, es una persona de mediana edad y aspecto sensato. Y ahora que se disponía a escuchar, ahora que todos nos disponíamos a escuchar la confesión de mi padre, justo ahora el enfermo ha vuelto a dormirse. A ver si se muere y no nos lo cuenta, deseo de pronto. Porque qué dirá, qué nos contará. A saber si se trata de una fantasía inventada o de algo que acaba de sacarse de la manga porque ya no tiene otra cosa que hacer que morirse y sacarse cuentos de la manga.

Lo miro con lástima. Cómo acabamos todos. O eso, o nos morimos de golpe. O nos matan de pena. Mi padre tiene una aguja clavada en el brazo que conecta con la botella que le ha puesto Nina siguiendo las órdenes, supongo, del médico que lo visitó cuando se negó a ir al hospital. Fue hace tres días. Nina me telefoneó, ven, Annabel, que esto se acaba. Y yo lo dejé todo y vine corriendo. Marido, hijos, alumnos, todo. Y ahora me encuentro velando los últimos suspiros de mi padre. Con mamá no fue así, porque ella murió de repente. Todavía era joven, hará unos diez años que un día se desplomó y todo terminó. La lloré mucho, a mi madre. Vendimos la tienda de perfumes que, de todos modos, no daba lo que en otras épocas, y ahora que papá se muere habrá que ver qué queda de todo esto. De la granja hace mucho que se ocupa el chico. Hoy ha venido cabizbajo. Se le veía triste. También estaría sufriendo por si perdía el trabajo. Tal como están las cosas...

No es como antaño. Cuando aterricé en Barcelona para estudiar magisterio había trabajo, vamos que si había. Yo necesitaba tiempo para asistir a clase y enterrarme entre libros, pero no obstante acabé trabajando de camarera por las tardes en Mauri, que acababa de inaugurar el salón de té, donde olía a chocolate y parecía pensado para enloquecer a todos los que, como yo, venerábamos el chocolate, hasta el punto de que no sé si me quedé por el aroma o porque me interesaba el trabajo.

—Se ha dormido —dice el cura, volviéndose hacia nosotros con un suspiro resignado. Y propone—: Le administraré ahora la extremaunción y, si se despierta, ya nos explicará eso de... de... en fin, del hombre que dice que ha matado.

Los tres asentimos en silencio. El cura se pone en situación, se viste una estola y saca un botecito con un aceite en el que se humedece el pulgar. Después dibuja la señal de la cruz en la frente de papá mientras murmulla algo sobre el Espíritu Santo, la Santa Unción, la enfermedad, los pecados y amén. Amén, respondemos todos sin pensar. El sacramento no obra milagros y papá sigue igual, inconsciente, resollando. Le acercamos una silla al cura para que se siente.

—Esperaré un poco... —dice, en un tono que significa que, si mi padre no reacciona enseguida, se irá porque tiene otro trabajo.

Tendrá que visitar a más moribundos. El pueblo es grande y a saber si hoy mismo tendrá que repetir esta misma letanía.

El cura no debe de pensar en lo que dice cuando lo dice. Ni cuando dice misa. Me gustaría preguntarle en qué piensa cuando recita esas convenciones. Yo, cuando trabajaba en Mauri, tampoco era consciente de lo que decía a la clientela, qué le pongo, ni de repetir al dedillo, mientras lo anotaba, lo que me respondían los clientes, sobre todo las clientas, porque por las tardes se llenaba de señoras elegantes y perfumadas que hablaban castellano entre ellas y a las que yo envidiaba en secreto por los suizos que se tomaban mientras charlaban de sus problemas familiares y porque tenían toda la tarde para ello mientras que yo iba de cabeza, con la lengua fuera. Por la mañana clases, por la tarde Mauri, por la noche a estudiar y, encima, los fines de semana me encerraba en el pueblo también para estudiar. Salía muy poco. No tienes que trabajar, hija, me decía mi madre, ya te daré el dinero que necesites.

Cuando entrabas en su tienda siempre olía a mil aromas intensos. A mi madre, que venía del convento, la habían educado no obstante en el mundo de los olores y los conocía muy bien. Pese a la vocación y la devoción religiosas, para ella seguía siendo indispensable oler bien y opinaba que cada uno tenía su aroma adecuado, que bastaba con descubrirlo. En la tienda había perfumes, colonias, jabones, champús, geles, toda clase de productos que hacían las delicias de las mujeres del pueblo que querían aparentar ser de ciudad y que tenían la sensación de que para eso tenían que usar aquellas ampollitas carísimas.

La verdad es que la tienda de mamá tenía cierto renombre en la comarca y pronto comenzaron a visitarla mujeres de todas partes que la conocían de oídas, sobre todo porque mi madre decidió empezar a ofrecer descuentos con los que otras perfumerías de la ciudad más próxima no se atrevían.

Me queda menos margen, decía, con una mueca de conformidad forzada ante la clientela, pero así os alegro un poco, porque no puede ser que un perfume cueste tantísimo dinero. Las convencía así. De paso les regalaba muestras de jabón y de colonia y las clientas salían a la calle como si hubieran pasado los Reyes Magos.

A mí, mi madre siempre me regalaba una botellita de colonia para que me la llevase a Barcelona y me decía, ponte esta, es suave y agradable. Y me sonreía de aquella manera tan dulce, con la misma sonrisa tranquila que ahora tiene Nina, y yo me llevaba la botellita y me perfumaba, y la verdad es que más de una compañera de clase y de trabajo me habían comentado, hum, qué bien hueles, y me habían preguntado la marca de la esencia, pero yo no tenía ni idea. Fue precisamente el aroma del perfume lo que atrajo a Jean-Paul.

El cura tose un poco y, dirigiéndose a los tres, nos pregunta:

—¿Tenéis un poco de agua?

Me levanto.

—Venga, venga, que estará más tranquilo…

Salimos los dos hacia la sala. La sala no huele a muerto, solo está limpia y aireada, como preparada para recibir las visitas del funeral. Seguro que las paredes y las ventanas de las casas se enteran de cuándo se mueren sus habitantes. Me gustaría saber cuántas generaciones habrán muerto aquí. Y, en voz alta, pregunto:

—¿Le apetece agua o tal vez un poquito de vino? También hay…

El cura me mira con aire culpable y termina por aceptar:

—Pues mira, si tienes un poco de vino no voy a rechazártelo…

El cura y yo acabamos sentados a la mesa, frente a frente, con dos vasos y una botella en medio. Le sirvo y prueba un poco, solo para mojarse los labios. Después me pregunta justo lo que esperaba:

—¿Crees de verdad que tu padre ha matado a alguien?

—No lo sé... Quizá tuvo un accidente y no lo sabemos... Dice que fue el año del golpe de Estado y nosotros ya éramos mayores y no recordamos nada...

—Ya... Bueno, a ver si dice algo más...

Dibujo una sonrisa triste.

—Eso si vuelve en sí...

En cuanto lo digo, un escalofrío me recorre la espalda. Un escalofrío que me sacude por fuera y por dentro; de aquellos que, muy pocas veces en la vida, te provocan los agujeros que se te abren en el corazón, en el estómago, en las entrañas de la capacidad de amar y de ser tú misma, de ser persona y de ser mujer.

Los efluvios del vino me recuerdan los años de mi primera juventud, las noches de sábado y las tardes de domingo con los compañeros del instituto, cuando nos encerrábamos en casa del que se hubiera quedado solo ese día y sus padres no sabían lo que hacíamos. Alguien llevaba vino o cerveza y, un pelín achispados, cuando habíamos vaciado el contenido de la botella, jugábamos precisamente al juego de la botella. Primero giraba con los chicos y luego con las chicas, o al revés. Y a quienes señalaba al detenerse tenían que besarse. Menuda emoción, la escena despertaba toda clase de muecas y risas, y eso que al final el beso en cuestión solía ser una cosita de nada, un rozarse los labios y girarse rápidamente y largarse corriendo, eso sí, con ambos protagonistas muy ruborizados. Y, cuando te tocaba con el chico que te gustaba, todo el mundo silbaba, porque todos lo sabían, y el juego se volvía peligroso porque aquel beso, aquel roce sutil, suave, imperceptible, de labio contra labio, se injertaba para siempre en tu imaginación y, aquella noche y otras muchas, se acrecentaba en sueños. Al lado, en casa, tus padres y tus hermanos habitaban otra galaxia, la familia solo era la familia, el lugar del que se sale y al final se vuelve en caso de enfermedad o si las cosas no te funcionan. La familia es un apoyo. Todo lo demás... está fuera.

Los sueños del instituto en el pueblo me encogían el corazón, lo ajaban un poco, pero no lo rompían. Reíamos y llorábamos con compañeros y amigos, un día nos peleábamos con uno y al siguiente con otro. Hasta que se acabó la edad de la inocencia. Había llegado el momento de marcharse.

Me costó adaptarme a Barcelona. Nunca había salido de casa. Cuando me vi en medio de tanta gente venida de todas partes, me sentí intimidada. Ahora, cuando lo pienso, me río. Seguro que los padres de algunos compañeros también cuidaban de las vacas e incluso de las ovejas en su pueblo, pero me sentía única. Estaban los demás, y luego yo. Y los demás eran inteligentes y cultos. Yo, en cambio, era del montón. No podía hacer nada para dejar de sentirme así, pero afortunadamente nadie se quedaba mirándome, de modo que deduje que pasaba bastante desapercibida. Al fin y al cabo, yo, como ellos, había conseguido aprobar la selectividad y entrar en la universidad. Y a ojos de los profesores, todos éramos iguales.

Aquel, eso sí, era otro mundo, y a mí al principio no me gustó. No tenía amigos, añoraba a las amistades del instituto y el viernes cuando volvía al pueblo corría a ver a las amigas.

Entonces salíamos a tomar un café o un cortado y me preguntaban qué tal me iba por Barcelona. Y me sentía admirada por el mero hecho de vivir en Barcelona. Ninguna de mis amigas había acabado en la capital. Dos estudiaban puericultura en Vic y la otra no tenía ni el graduado escolar. Yo sonreía y les contaba que todo iba muy bien, que las clases eran muy interesantes y que aprendía muchas cosas. No les hablaba, en cambio, de mis temores, de la sensación de sentirme diferente y del hecho de que, por la noche, tardaba en conciliar el sueño porque me daba miedo que alguna de las chicas con las que compartía piso entrara en la habitación y me hiciera daño. Hasta que un día ellas, las del piso, me dijeron, oye, tú, que no dices nunca nada, cena una noche con nosotras. Y aquel día empezaron a hablarme, y aquel día me sentí un poco más cómoda. Solo un poco.

Le ofrezco un dedo más de vino al cura. Siempre será mejor recitar letanías entonado. No lo rechaza. Vaya, este debe de vaciar las botellas del vino de misa. Espero que no sea como el cura que había antes, que murió de delírium trémens.

—¿De dónde habéis sacado este vino? Está bueno... —dice, relamiéndose.

—Es de aquí, de la bodega. A mi padre siempre le ha gustado tener buen vino...

Al pronunciar la palabra padre se me angustia el corazón. No es una pena profunda como la muerte de mamá, que fue repentina y nos pilló a todos desprevenidos. No es eso, es un sentimiento más extraño. A papá siempre lo hemos visto poco y nunca se ha ocupado demasiado de nosotros. No habíamos jugado con él. Mi padre solo jugaba con las vacas y solo hablaba con ellas. En casa, callaba y escuchaba y solo rezongaba si mamá o Nina se ponían a hablar de sacerdotes o de Dios. Yo también rezongaba, a mí esas cosas me traían sin cuidado y, cuando tuve edad de decidir, dije que no iría más a la iglesia porque no creía que las misas sirvieran para nada. Se lo anuncié un día a mi madre y se escandalizó. Pero a los quince años dije basta y ya no pudo obligarme a ir a misa porque sabía que, si lo intentaba, me quejaría a mi padre. Se habían acabado los santos, las comuniones, los sermones.

Quienes hablaban de sacerdotes y misas eran las señoras de Mauri. Mientras fingía desinterés, intentaba escuchar sus conversaciones, que me parecían fascinantes. Llevaba varios meses en la ciudad, ya no me daba miedo dormir en el piso y empezaba a tener amistades en la facultad. Todo lo cual me había infundido cierta confianza a la hora de moverme que por lo visto convenció a los que tenían que contratarme. Necesitaban un refuerzo entre semana para la salida del trabajo, de cinco a ocho de la tarde. Era un horario perfecto para mí y acepté enseguida. Las señoras que iban a merendar tenían su vida social en aquella casa y *en misa*.* El domingo anterior, *en misa*, había alguien a quien después, durante la merienda en Mauri, podían criticar impunemente. Podía ser cualquiera, desde el cura y su sermón hasta la señora X, que se había quedado sola porque su marido se había fugado con la secretaria. Escucharlas era como seguir una serie. Esa clase de señoras acudían en grupos normalmente una vez por semana y todas parecían cortadas por el mismo patrón. Todas

* Las palabras en cursiva están en castellano en el original. *(N. de la T.)*

hablaban castellano, todas repasaban de arriba abajo a las otras señoras y a los curas y todas habían ido *a misa*. A los hombres, ni los mencionaban. Por lo visto los hombres no eran criticables. Solo se preguntaban cómo era posible que el señor Tal le hubiera hecho tal cosa a la pobrecilla señora Cual. Claro que ella... Y ahí arrancaba la crítica, siempre constructiva, contra la pobre víctima de las meriendas del Mauri, y del hombre no se sabía nada más.

Yo sonreía al escuchar según qué. Ya me tenían simpatía porque siempre servía las mismas mesas, las grandes, las suyas. Y todas las señoras, sin falta, me habían preguntado si era de pueblo en cuanto me habían escuchado hablar castellano. Pues sí, contestaba yo, al principio algo avergonzada, pero después fui viendo que les divertía, que se encariñaban conmigo porque me veían fuera de lugar, y acabaron adoptándome como su camarera mascota.

Jean-Paul también se sentó en la zona de las señoras. Lo acompañaban dos mujeres y un hombre que, entre ellos, hablaban en catalán. Jean-Paul no sabía nada de catalán. Cuatro palabras de castellano y gracias. El resto, en francés. La gente con la que se sentó no tenía nada que ver con las señoras de las otras mesas. Iban bien vestidos, pero sin ostentaciones ni joyas. Parecían maestros o tenderos. Fue un día particularmente frío del mes de marzo. Ya había oscurecido y, cuando me acerqué a preguntarles qué querían, noté que me repasaba de arriba abajo. Tenía los ojos oscuros, brillantes e incisivos, y me dio la impresión de que me desnudaba, sobre todo cuando me miró para decirme en un castellano absolutamente afrancesado que le apetecía tomarse una *orangina*. O sea, un refresco de naranja, pensé, porque no era la primera vez que me topaba con franceses que querían lo mismo.

Aquel fue el primer día. Se fueron todos y él se quedó solo. Oí que murmuraba una excusa para quedarse y noté que me sonrojaba, porque intuía que aquello tenía que ver conmigo. Entonces me pidió otra *orangina* y si podía indicarle dónde estaban los Jardinets de Gràcia. Me faltaban cinco minutos para salir y parecía que no me entendía. Realmente ponía cara de no entender nada. Así que cometí el error de decirle, si te esperas cinco minutos, te enseño dónde están. Yo vivía al lado de Jardinets y no sé cómo tuve semejante ocurrencia. Serían sus ojos, que me hipnotizaron. Seguro que fueron sus ojos. En cualquier caso, lo acompañé una parte del trayecto y allí empezó todo.

El cura se levanta.

—Creo que iré tirando. Os dejo el número del móvil y, si pregunta por mí, me avisáis... Pero dile que ya le he administrado el sacramento y que está absuelto, que no sufra, que Dios lo acogerá en su seno, no importa lo que haya hecho.

—De acuerdo, así lo haremos, padre.

Lo acompaño a la puerta. El hombre se despide con un simple hasta la vista y una sonrisa. Cómo que hasta la vista. ¿Se refiere hasta que vuelva porque mi padre quiere confesarse o hasta que nos veamos en el funeral o hasta qué? Cierro la puerta con suavidad, la verdad es que no lo sé.

A Jean-Paul no le cerré la puerta, pero aquella primera vez tampoco se la abrí de par en par, sino la siguiente. Tardó un mes largo en volver a aparecer. La primera tarde, cuando lo acompañé, me contó que visitaba Barcelona una vez al mes por negocios. No me atreví a preguntar qué negocios, y entonces él me preguntó si hacía mucho que trabajaba de camarera. Le contesté que no, que, de hecho, solo vivía en Barcelona entre semana porque estaba estudiando magisterio. Fue como si le pareciera maravilloso, como si ser maestra fuera lo mejor que te pudiera pasar. Me gustan mucho los niños, dije, avergonzada. Su entusiasmo me animó a contarle cosas, se interesaba por todo lo que le decía y en aquel breve trayecto, desde Mauri hasta Jardinets de Gràcia, acabé confesándole que era de pueblo y que hacía poco que me había instalado en Barcelona para estudiar. Entonces exclamó que Barcelona era una ciudad fantástica y a mí me sorprendió su comentario porque a mí me parecía ruidosa y oscura. Oscura por culpa de tantas casas. En el pueblo, las casas siempre eran blancas porque las peinaba la niebla. Se lo dije a Jean-Paul tal cual y él me confesó que también venía de un pueblo con niebla. La niebla se echa de menos, ¿verdad?, me preguntó al ver que me paraba porque teníamos que separarnos. Sí, respondí, mirándolo. Y no supe si aquel *sí* se refería en realidad a la niebla añorada o a algún compromiso de futuro que ni yo misma conocía en aquel momento. Nos separamos con un apretón de manos. La mano se la había tendido yo, presa de un ataque de pánico por si me besaba allí mismo y no sabía reaccionar. Era casi absurdo pensar que el primer día, después de pasear un cuarto de hora, un desconocido quisiera darme un beso de película, pero yo, no sé por qué, me lo temí. Y ahora opino que acerté. Que si no llego a tenderle la mano, seguramente se habría atrevido a besarme. Volveré dentro de un mes, dijo, no cambies de trabajo. Y, por cierto, hueles muy bien, remató sonriendo. Y desapareció cuesta arriba, con la chaqueta gruesa, el pelo corto y cuidado y la buena planta, arrogante y digna.

Suena el móvil y doy un respingo porque no me lo esperaba. Contesto mientras de fondo, por la otra oreja, escucho la respiración desesperada de mi padre. Es Cèlia.

—Cèlia...

—Hola, mamá. ¿Cómo está el abuelo?

—Mal... Le quedan horas, hija...

—Oh... ¿Quieres que vaya?

—No hace falta, Cèlia, ya te despediste ayer del abuelo. Te llamaré cuando...

—Muy bien, mamá.

Es tan responsable, Cèlia. Mucho más que su hermano, que de momento es un tarambana. Mi Ricard, de dieciséis años, que cree que no sé que sale con chicas. Salta a la vista que lo tienen loquito; los dieciséis son un momento delicado para los chicos, que pierden el norte ante un cuerpo femenino más o menos bien formado. Y las chicas que los rodean lo saben. No son tontas, hoy día, no. Antes éramos bobas. Bueno, siempre ha habido de todo, es verdad, y siempre hemos tenido el instinto de seducir, como todo el mundo, pero yo, cuando tenía dieciséis años, no era consciente de que, si iba ligera de ropa, atraía a los chicos de aquel modo. Si llego a saberlo, no sé si me habría interesado hacerlo. Los chicos de mi edad me parecían críos, eran pequeños, y con las amigas, cuando jugábamos a la botella, lo hacíamos con los mayores, que sí que nos gustaban, porque nos parecían más interesantes y más maduros.

Después, en la universidad, de repente los chicos eran altos y guapos. Eran adultos, como yo, y aparentemente tenían otras prioridades en la vida como, por ejemplo, forjarse un futuro. También es verdad que para encontrarlos tenías que pasearte por otras facultades porque en la nuestra eran muy pocos. Eso del magisterio siempre ha sido cosa de mujeres, digan lo que digan.

Cuando Jean-Paul regresó, ya me sentía como pez en el

agua en la facultad. Todavía no había hecho amigos de los de verdad, pero percibía buen compañerismo. Me sentía acompañada en lo único en que podía ser diferente, en mi acento cerrado del interior, porque no era la única, ni mucho menos, que lo tenía. Allí coincidían todos los acentos de los dialectos catalanes. Me sentía muy a gusto entre mis compañeros de clase a pesar de que no podía hacer como la mayoría, que a la hora de almorzar a menudo se comían un bocadillo del bar o se entretenían charlando. Yo tenía que irme a toda prisa a casa para comer y estudiar un poco antes de ir a trabajar. Pero tenía ratos entre clases y me sentaba en el bar con los compañeros, y entonces sí que nos entreteníamos a charlar un poco de cualquier cosa y a contarnos de dónde veníamos y a qué se dedicaban nuestros padres. Algunos padres habían estudiado. Madres, pocas. Hasta había una chica de campo, rubicunda y decidida, que hablaba con un acento que yo apenas había oído y que ahora sé que era catalán occidental porque me lo explicaron mis hijos cuando lo estudiaron. Yo, en aquel momento, no tenía ni idea.

Chapurreaba francés y no lo había aprovechado la primera vez con Jean-Paul. Pero la segunda, sí. Apareció un día solo, un poco antes de Sant Jordi. En Mauri me habían pedido que me quedara un par de fines de semana a ayudar porque había mucho trabajo, cada vez más. Así pues, llevaba días sin ir al pueblo. Había libros por todas partes, la ciudad olía a rosas y yo esperaba que él regresara. Es curioso, tenía el pleno convencimiento de que no me había engañado, de que reaparecería al cabo de un mes y, cuando faltaba una semana para que se cumpliera, comencé a vestirme y a arreglarme con especial cuidado cada vez que iba a trabajar por si me lo encontraba. Me preguntaba qué tenía aquel hombre que me había fascinado de aquel modo, si solo habíamos hablado un cuarto de hora y gracias, mientras caminábamos, y él, por cierto, había tenido que ir esperándome porque era alto y tenía unas piernas largas que daban grandes zancadas. Le recordaba con el cuello de la chaqueta levantado y me lo imaginaba cerca, besándome como en el juego de la botella pero más rato. Un beso de esos que las chicas de clase y mis amigas del pueblo decían que ya habían recibido. Y a mí, a los diecinueve años, todavía no me habían dado ninguno, pero no lo contaba porque me daba vergüenza. Siempre me inventaba una relación superficial, efímera, en Barcelona para las del pueblo y una en el pueblo para las de Barcelona, porque una cosa era que no hubiera salido nunca con nadie y otra que no supiera lo que era besar a un chico. Si lo admitía, iba a parecer que no me querían. A veces me miraba al espejo y me decía que, aunque no era como Nina, que ya desde muy pequeña atraía todas las miradas, tampoco estaba mal, no tenía de qué avergonzarme porque estaba bastante bien. Tal vez tuviera la nariz un poco prominente y quizá los ojos demasiado grandes y los dientes algo desordenados, pero, por lo demás, era delgada y estilizada y sabía peinarme el pelo ondulado, que dejaba crecer hasta justo por debajo de los hombros.

Jean-Paul se sentó a una de las mesas pequeñas, las que no me tocaban a mí, un cuarto de hora antes de que terminara mi turno. Pero antes vino a verme. *Bonjour*, me dijo rozándome el hombro. Di un respingo, solté una exclamación, me puse colorada. Sus ojos incisivos se me clavaron en la frente. No hice nada, ni siquiera tenderle la mano porque no me parecía apropiado. Nos quedamos paralizados unos instantes y fue entonces cuando me dijo, cuando salgas podemos tomarnos un café en otro sitio. Lo dijo así, ni pregunta, ni afirmación, de manera que yo incliné ligeramente la cabeza y él me indicó que iba a sentarse en el lado de las mesas pequeñas. Y allí se quedó hasta que terminé. Otra camarera me susurró al oído, chica, qué suerte la tuya, menudo francés más sexy. Sonreí un poco, pero enseguida se me pasó, porque vi cómo iba a atenderlo y lucía palmito intentando atraerlo, la muy bruja. Pero también vi de reojo que él se la quitaba de encima educadamente. Nada que ver con el comportamiento que, desde el primer momento, había tenido conmigo. En aquel instante supe que le gustaba.

Tenía cosquillas en la barriga, unas cosquillas que poco a poco fueron expandiéndose, que hacían que contestara aturdida cuando atendía una mesa, que temblara al servir una taza de chocolate. Aquel día tuve que hacer un esfuerzo para concentrarme y acabar bien mi turno. Y es que no pasa siempre que el amor se presente de repente, sin avisar, y nos pida permiso para entrar. Y aún menos, que venga desde Francia. Le vi saborear con la cucharilla un poco de chocolate espeso de la taza que le habían servido. Me miró y me pilló mirándolo. Nos sonreímos. Fue un momento mágico.

Me dispongo a entrar en la habitación de papá cuando sale Nina.

—No se despierta... —dice.

—No... Pues nos quedaremos sin saber a qué se refería con eso de que mató a un hombre. Pobre papá...

Nina hace un gesto impreciso. Después, se encamina decidida hacia la mesa y la botella de vino. La sigo, me siento de nuevo. Nina se levanta a coger un vaso y se sirve un poco, aunque, que yo sepa, nunca bebe. Le pregunto si cree que nuestro padre ha matado a un hombre o si se lo está imaginando. Nina esboza una de esas sonrisas angelicales que me recuerdan tanto a mamá antes de contestar:

—Sé lo mismo que tú, Annabel.

Tiene razón, no sabremos nada hasta que no hable, si es que habla antes de morir. Dibujo una media sonrisa.

—Y tú, ¿cómo estás?

Ella también sonríe y me mira con ternura:

—Bien… El trabajo va bien y me gusta, ya lo sabes.

Nina trabaja de enfermera en el hospital de Vic. No ha vuelto a mencionar su vocación religiosa, pero estoy segura de que todos los que la conocemos pensamos que lo mejor que podía hacer era cuidar de los enfermos, que, al fin y al cabo, está relacionado con lo que había querido ser. Siempre he creído que Nina, pese a todo, en el fondo de su corazón es monja: no ha tenido novios, no se ha casado, cada sábado acude a la iglesia a rezar el rosario y siempre está dispuesta a echar una mano a todo el mundo. Nina es una de las únicas personas del pueblo que no tiene enemigos, todos la quieren. Cuando mamá se encargó de la perfumería, Nina la ayudó mucho, y eso que era una cría. Mi madre y Nina eran almas gemelas y creo que los demás, todos, teníamos celos de no conseguir entrar en aquel mundo que era solo para ellas dos, que parecía cerrado a cal y canto. Y no es que fueran excluyentes, sino que se entendían con una mirada. Y los demás no entendíamos nada. Cuando Nina estuvo aquel año interna en Vic, se le pasaron las ganas de meterse a monja. Eso sí, perdió un curso. Nina no quería salir de allí, pero mi madre iba a verla casi a diario, no sabía vivir sin ella. Convivir con las monjas le quitó de la cabeza la idea de vestir los hábitos. Yo no fui a verla porque coincidió con la época en la que yo estaba en otro mundo. Tenía la cabeza llena de pájaros, como todos los adolescentes que no éramos Nina. Y después me entregué en cuerpo y alma a quien me sorbió el seso y entonces sí que no veía nada más ni oía ninguna otra cosa. Solo la voz de Jean-Paul, su murmullo francés, aquellas palabras melosas que me susurraba al oído.

Salimos de Mauri y acabamos en un bar, el primero que encontramos. Allí no pidió una *orangina*, sino una cerveza, y yo hice otro tanto. Y mientras bebíamos él me contaba que me había echado de menos, que desde el momento en que me vio supo que yo era la mujer que su imaginación había creado como icono de perfección. O algo así. Y, claro, yo me derretía escuchándole. Jean-Paul esperaba que le dijera algo y, temblando como una hoja, solo conseguí farfullar *moi aussi*. Se echó a reír porque aquella expresión no venía al caso, pero por lo visto le gustó porque, cuando paró de reír, me acarició la mejilla y me dijo *mon petit chou*. Y perdí el mundo de vista.

Salir de allí e ir directos al piso fue lo mismo. Casi nos fuimos sin pagar, estábamos los dos en otro mundo, y el camarero tuvo que recordarnos, eh, que no es gratis, cuando ya estábamos en la puerta. Pagamos entre risas, parecíamos críos, y al salir me cogió y yo me aferré a él como si no existiera nadie más en el mundo, como si hubiera nacido formando parte de él y después alguien nos hubiera separado y acabásemos de reencontrarnos de nuevo. Suerte que por entonces conocía a muy poca gente en Barcelona porque, si llega a verme algún conocido, no sé qué habría pensado. Yo no sabía lo que me pasaba, era algo nuevo para mí, y tan intenso como los perfumes que llenaban la tienda de mi madre. Qué bien hueles, repitió él en un momento dado. Sonreí, mi madre vende perfumes y siempre me regala alguno, yo no entiendo, dije. Yo tampoco, pero hueles bien, replicó él. No dijo nada más, solo me abrazó. Y lo guié hasta el piso, entramos y cerré la puerta a nuestras espaldas. Lo acompañé a mi cuarto. En aquel momento no había nadie más, el piso estaba vacío. Me besó y me dejé besar, pero me asusté un poco y me aparté para decirle, oye, nunca lo he hecho, no sé si... No sufras, me dijo, se aprende rápido. Sonrió y comenzó a quitarme la blusa, los pantalones, la piel, el corazón, todo. Me besó suavemente en el cuello y después descansó las manos en mis pechos y, luego, más abajo, y yo al principio me avergoncé e intenté taparme, pero él me dijo *tu es si jolie* y dejé de sentir vergüenza y me dejé llevar hasta el infinito.

Hay escenas maravillosas que son todo un poema. Eso representó para mí aquella noche, un poema de sábanas, de caricias, de descubrir la parte más íntima de mi cuerpo y también del suyo, que al principio me asustó, pero luego sentí próximo, muy próximo. Nos dormimos de madrugada. Abrí los ojos a mediodía. Se me había olvidado poner el despertador y me había saltado las clases de la universidad. Ay, no, pensé al momento. Luego recordé lo que había pasado y me giré. Él no estaba, pero en su lugar había una nota que decía, volveré el mes que viene, *attends-moi, ma chère.* Sonreí. La vida se había vuelto de vivos colores y yo tenía un hombre, todo para mí.

La espera se hizo entre dulce e insoportable. Al principio sabía que vendría; luego, me entraron las dudas. Al final de aquel mes, tenía un miedo que me moría de que no volviera. No tenía nada suyo, ni el teléfono ni la dirección ni nada. Ni tan siquiera sabía en qué trabajaba, solo que se dedicaba a los negocios, pero no sabía a cuáles. Eso sí: sabía cómo besaba, cómo tocaba, cómo acariciaba, cómo amaba. Y sentía que había entregado mi virginidad al hombre de mis sueños porque, desde el primer momento, Jean-Paul había sido el hombre de mis sueños. En conjunto se parecía a cuando abres un papel de regalo y, de pronto, ves lo que envolvía. El recuerdo de aquella noche me acompañaba a todas horas y me costaba concentrarme en el trabajo en Mauri y, más si cabe, en estudiar. No me quitaba de la cabeza el recuerdo de su piel musculosa y cálida al principio, sudada después, de su lengua caliente contra mi piel, arriba, abajo, por todas partes, sin dejarse un rincón por lamer, y toda yo, que no paraba de temblar porque sentía un placer tan intenso que creía que me saldría de mi cuerpo. Después él, poco a poco, me había cogido la mano y me había enseñado a hacerlo vibrar. También notaba, como si fuera aquel preciso momento, su mirada clavada en la mía mientras me penetraba y yo intentaba no gritar porque al principio me dolió, y después me había parecido que empezaba a sentir algo, una cosa que iba creciendo, cada vez más, y llegué al éxtasis entre exclamaciones contenidas, un poco antes que él, que se había desbordado dentro de mí. ¿Ves como sabes? es lo primero que me dijo después, sonriendo. Y pensé que la felicidad era eso. Y desde entonces era lo que veía todo el día, lo que volvía a sentir cada noche.

Al cabo de un mes regresó. Y al cabo de otro y de otro más. Poco a poco fue desgranando a qué se dedicaba. Tenía una cadena de tiendas de zapatos y visitaba Barcelona una vez al mes para comprar género. Comerciaba con Barcelona y Milán. Después nos lo mandan a Lyon, me aclaró. Cuando le pregunté si vivía allí, me dijo que sí, pero que no estaba nunca porque siempre andaba de viaje, de tienda en tienda. Lo coordino todo un poco, dijo, carraspeando. Y no hay un teléfono donde pueda encontrarte, pregunté. Pues es difícil, respondió, juntando un poco las cejas, pero, mira, te dejo el de un buen amigo, que siempre está localizable. Si pasa cualquier cosa, se lo dices y él me avisará. Pero que sea por causa justificada, porque tendrá que ir a buscarme y si es por nada se enfadará. De acuerdo, repuse, contenta de tener un modo de localizarle. Yo le di el teléfono de Mauri. En el piso no tengo teléfono, expliqué, y en el pueblo... no lo entenderían. El teléfono de Mauri también es solo para emergencias. No quiso darme ninguna dirección para que le escribiera. Le daba miedo que se perdieran las cartas. Es igual, dije, te las entregaré una vez al mes, verteré todos mis pensamientos.

Yo vivía en un cuento de hadas. Él parecía encantado conmigo, me abrazaba, me besuqueaba, volvía a dejarme. Me decía que era su dulce consuelo en esta vida tan difícil. Me lo decía en francés y yo temblaba de arriba abajo. Hacíamos el amor cada vez que venía, después pasábamos la noche en blanco charlando y me contaba anécdotas de cuando era pequeño, y yo también a él. Jean-Paul vivía en la ciudad pero había nacido, como yo, en un pueblo de niebla, éramos dos almas gemelas que se habían encontrado. Al tercer mes ya me decía, volveré tal día. Y tal día volvía y se sentaba a la mesa de siempre y mi compañera camarera intentaba flirtear con él, pero yo sabía que me esperaba a mí. Me costaba contenerme hasta que llegaba la hora de cierre y podía entregarme a sus brazos. Aquella noche de cada mes se convertía en una nube rosa que se alargaba hasta el mes siguiente. Comencé a espaciar las visitas al pueblo, no me apetecía tener que aguantar a la familia por mucho que los quisiera; tenía dos hermanos raros, que no tenían nada que ver conmigo, a mi padre, a quien ni veía, y a mi madre, que solo hablaba de clientas perfumadas y de sacerdotes con Nina, que acababa de regresar de su estancia en el convento. Así que, con la excusa de los estudios y de alguna vez que tenía que quedarme en Mauri, dejé de ir todas las semanas. Primero iba cada quincena; luego, una vez al mes y gracias.

Pasó la primavera, el verano, el otoño. Entre Jean-Paul y yo iba creciendo la confianza. Superados los primeros envites, volví a concentrarme cuando estudiaba y también en el trabajo. Mis compañeras de piso comenzaron a conocerle y lo trataban como si fuera mi novio, igual que hacía yo con los suyos. Decían aquello de hola, pasa, pasa, ahora aviso a Annabel, ¿quieres un café? Yo notaba que me miraban con envidia y le daban conversación, pero no pasaban de ahí, eran chicas serias, mayores que yo y con intenciones de acabar los estudios y regresar con la familia. Estaba Maria, la que hablaba más conmigo, que salía con el mismo chico desde los quince años y ahora solo lo veía los fines de semana y estaba triste. Yo le decía, pues imagínate yo, que solo lo veo una vez al mes.

Pero un día algo cambió. Un día, Jean-Paul me dijo que quizá podríamos hacer algo más. Que quizá podríamos salir dos o tres días de fin de semana, que qué me parecería. Sopesé un momento mi vida de estudiante y de trabajadora y luego acepté. Podía pedir un par de días en Mauri y tenía suficiente dinero para pasar unos días fuera con mi novio. Buscamos un fin de semana que le tocara volver a Barcelona y nos fuimos cuatro días a visitar la Costa Brava. Qué romántico, dijo Maria al enterarse, poniendo los ojos en blanco, con sorna. Fue a las puertas del invierno, antes de Navidad, pero Jean-Paul y yo no pasamos frío. Bien abrigados, paseamos por la orilla del mar y nos quisimos entre las sábanas del hotel durante horas, de día y de noche. Había encontrado la felicidad. Entonces le dije, me gustaría presentarte a mis padres.

No sé qué me dio. Lo dije porque en toda relación hay un momento en que deben formalizarse un poco las cosas. Miro a Nina, que se ha quedado con la vista fija en el infinito, en la ventana que tengo detrás y desde la que se ven el río y las casas del otro lado. La veo sonreír. En qué estará pensando. No sé.

Tampoco sabía en qué pensaba Jean-Paul después de oír mi propuesta, pero sí pude imaginarme que no le había gustado mucho porque cambió de cara. No me gustan las cosas oficiales, dijo. Me quedé helada, porque me imaginé ocultándole nuestra relación a mi familia toda la vida. Y eso no podía ser. Mientras pensaba qué replicar, él reaccionó y me dijo, más adelante, ¿de acuerdo?, déjame que lo piense. Lo hablamos la próxima vez que venga, el mes que viene. Sonreí un poco y le acaricié el pelo, tan corto. De acuerdo, contesté. Él volvió a besarme. Era la última ocasión de hacer el amor, nos íbamos ese mismo día, teníamos que dejar la habitación. Mientras se duchaba, contemplé el trozo de mar que se veía desde la ventana. Estaba gris y oscuro, y el cielo, amenazador. Va a caer una buena, pensé. Y no sé por qué, aquel aspecto del mar se me antojó premonitorio de algo que me dejó intranquila. Antes de salir definitivamente de la habitación, volví a girarme hacia la ventana. Qué miras, me preguntó, intrigado, Jean-Paul. El mar, tan gris, tan grande, respondí maquinalmente.

Ahora, Nina mira el río, que no es ni tan gris ni tan grande, aunque nosotros siempre lo hemos tenido por un gran río. Al fin y al cabo el Ter es el Ter, y es la arteria de la comarca. Este río se lo lleva todo, hasta la niebla, a pesar de que le cuesta arrancarla de la tierra que tanto parece quererla. La tierra rasga la niebla para que se quede cuando el sol termina imponiéndose hacia el mediodía y, a veces, consigue que permanezca, como una caricia perpetua, durante todo el día. No puedo evitarlo y yo también me acerco a la ventana. La luz de un día gris flota inmóvil sobre el agua en movimiento. Se ve un tramo de carretera y un coche que pasa.

—Es bonito —digo.

—Sí... —me contesta Nina, ausente.

De hecho, no es nada bonito, es húmedo y desagradable, pero es mi río, igual que esta es mi tierra. Cuando te haces mayor y acumulas tribulaciones y se diría que te araña un ser maligno que pretende arrebatarte un pedazo del alma, solo te quedan los orígenes para reposar y tranquilizarte. Pero cuesta darse cuenta.

Jean-Paul no regresó. Me había dado una fecha, como siempre, para enero y no se presentó en Mauri. Me tenía tan acostumbrada a que cumplía sus promesas que me asusté. Primero me dije que quizá lo hubiera entendido mal y que ya aparecería al cabo de uno o dos días. Pero no apareció al cabo de un par de días ni tampoco el fin de semana. Entonces me acordé de que me había dejado un número de teléfono y lo utilicé. Telefoneé, contestó una voz de mujer y pregunté por Jean-Paul en mi francés, que en aquellos momentos era bastante precario. Me pareció entender que la otra persona respondía que no conocía a nadie que se llamara así. Insistí diciendo que buscaba a un amigo. *Pas d'ami*, me decía la mujer. Y yo insistía con *l'ami de Jean-Paul* porque no sabía explicarme de otro modo. Y ella, *pas d'ami, pas d'ami*, y al final parece que se enfadó porque me soltó un discurso que no entendí y colgó.

Entonces me fundí como la mantequilla al sol. Llevaba tantos días tan nerviosa que no pude más. Mi compañera camarera de Mauri se burlaba un poco, qué has hecho con el francés, me decía, hace días que no se le ve el pelo. Y me di cuenta de que disfrutaba viéndome sufrir, la mala pécora, porque no sé si al perder la virginidad me había desprendido de la inocencia o qué, pero me percataba de cosas que antes no veía, y una de esas cosas era que mi compañera de trabajo era una mala pécora. Sin embargo, no me apetecía pelearme. Bastante tenía con el sufrimiento de que Jean-Paul no apareciera y de que en el teléfono que me había dado no supieran nada de él. *Pas d'ami*, soñaba yo por la noche. Largas noches. Y, para acabar de rematarlo, un día llovió sobre mojado porque pasó lo peor que podía pasar: me había quedado embarazada. Siempre había tenido presente que podía suceder. Pero creía en Jean-Paul y me decía que quizá fuera la manera de que se quedara conmigo, de que estuviéramos juntos. En cambio ahora no sabía qué pensar.

Tienes problemas, me preguntó Maria la del piso un día con una mirada preocupada. Supongo que me había cambiado la cara e incluso la forma de comportarme y todo lo demás. No pude más y me eché a llorar, me desahogué y le expliqué lo que ocurría, todo, todo. Maria me escuchó en silencio y, cuando terminé, dijo algo del estilo de, cabrón. Y reaccioné con un no, no, habrá pasado algo, hasta ahora ha venido siempre. Ya, replicó Maria, desconfiada, pero la última vez le hablaste de presentarle a tus padres, ¿verdad? Sí. Ella continuó, además no ha habido forma de que te diera un teléfono, ni una dirección, ni el nombre de la empresa donde trabaja ni nada de nada, por favor, Annabel, aterriza. Pero yo me resistía a aterrizar, ¿y si le ha pasado algo?, murmuraba, buscando un trozo de rama al que aferrarme para no caer al río de aguas negras como boca de lobo. Podría ser, admitió Maria, pero la posibilidad es mínima. Siento que pienses que soy mala, Annabel, pero diría que hay un cinco por ciento de posibilidades de que sea eso frente a un noventa y cinco por ciento de que te haya tomado el pelo. *C'est tout*, remató en francés.

Aquel día, a los dos meses de que Jean-Paul desapareciera definitivamente de mi vida, comprendí que lo más probable era que Maria tuviese razón. Al principio Maria no me dijo nada más, solo se interesaba por cómo me encontraba, cuando yo iba al lavabo a sacar todo lo que comía o no podía concentrarme en los estudios, y me miraba con cara de preocupación esperando a que le dijera algo. Y yo no le decía nada, nada, porque no quería pensar. Entonces un día Maria no aguantó más y me preguntó directamente, tendrás el niño o qué. Y yo vi a la criatura sobrevolando la cabeza de Maria y a mis padres y a mis compañeros de instituto, y vi el adiós a mis sueños de ser maestra. Pero también vi a un bebé dulce al que cambiaría los pañales, al que sacaría a pasear y besaría a placer, un bebé al que ya quería aunque fuera hijo de aquel hombre que tanto daño me había hecho. Bajé la cabeza y respondí, no lo sé. Pues date prisa en averiguarlo, dijo Maria. Porque pronto habrán pasado tres meses y, si quieres ir a Londres, cuanto más lo alargues, más traumático. ¡¿A Londres?!, repetí, alarmada. Sí, hija, no querrás hacerlo aquí, ¿no?, respondió ella, con sensatez, aquí es ilegal, cuesta mucho dinero y no hay garantías sanitarias. La miré fijamente. Ya, es que todavía no lo he pensado, dije al final.

Era así de duro, tan duro como el invierno que estábamos pasando. Había ido a casa por Navidad durante el tiempo de espera cuando todavía no sabía que Jean-Paul no regresaría. Había disfrutado de la familia y los amigos, sintiéndome dueña de un tesoro, que era mi secreto particular, el tesoro de mi amor, mi futuro. Había sido feliz por dentro y por fuera e incluso bromeaba con mi padre, al que recuerdo desconcertado por mi actitud, y con Albert, que se había mudado a Ripoll porque había encontrado trabajo allí y a mí me parecía una persona extraña, desconfiada. A Albert le costaba aproximarse a nosotros, a todos, le costaba hablar, y se sonrojaba si alguien le hablaba de noviazgos, como si no supiera dirigirse a una mujer, como si alguien tuviera que explicarle cómo se hacía. Éramos una familia extraña formada por seres insólitos que no tenían nada que ver unos con otros. Una familia que me parecía repleta de secretos, y aún me lo parece, sobre todo tras la última confesión de mi padre. El día de Navidad, sentados a la mesa, con una ex novicia perfumera, una devota que afortunadamente había abandonado la senda del convento, un granjero huraño, un chico tímido y raro y yo, una estudiante que tenía un novio francés, la estampa que componíamos me recordó a las mejores películas de Visconti. Por Navidad también invitábamos al chico. Siempre lo hemos invitado a las fiestas familiares porque no tiene familia. A mí me recuerda a Jean-Paul, porque aquella Navidad antes del desastre Jean-Paul también estaba. En mi corazón. Fue la última Navidad feliz.

Después todo acabó, y aquel recuerdo se convirtió en una píldora amarga que había que empujar esófago abajo y que nunca terminaba de bajar. El primer trimestre de 1981 fue el más duro que he pasado hasta la fecha, y todavía lo llevo clavado en el alma y, sobre todo, en las entrañas. Me di cuenta de que, por mal que me sintiera, por duro que fuese, tenía que sobreponerme, tenía que pensar, tenía que decidir si tenía a aquella criatura que me cambiaría la vida o si iba a Londres y hacía realidad mis sueños de futuro, a pesar de que en aquellos momentos me costaba pensar en ello, ya no creía en nada ni en nadie, todo el mundo me parecía malo, incluso Maria, claramente partidaria de que abortara, cuando a mí me horrorizaba. Solo de pensar en matar lo que llevaba dentro se me ponían los pelos de punta. No podía soportar la idea, no podía y no podía.

Pero lo hice. No sé cómo, pero lo hice. Fui a Londres y me dejé arrebatar lo que aún no era ni criatura. Elegí la muerte en lugar del malvivir.

—¿Cómo están los niños, Annabel? Hace días que no los veo...

—Están bien, Nina. Ricard está muy pesado, eso sí. Tiene dieciséis años, ya se sabe... Y Cèlia, contenta con los estudios, con el periodismo. Claro que, tal como está el trabajo, más vale que se entretenga estudiando. A ver si mientras se acaba la crisis...

Volvemos a sentarnos. De lejos se oyen los estertores de papá. Es un ruido insoportable, árido, áspero, un ruido que te desgarra por dentro. Nina suspira. Trato de romper el silencio que se ha interpuesto entre las dos y que permite que llegue con tanta claridad la respiración agónica de nuestro padre:

—Y tú, ¿qué tal por el hospital? ¿Muchos recortes, también?

—Sí... Ya se sabe cómo estamos.

—Dímelo a mí...

Yo, que trabajo en la enseñanza pública, hablo con conocimiento de causa. Últimamente parece que todo se acabe, que todo se cierre, que todo se hunda. Tras una época de relativa felicidad, cuando creía que todo iba bien, cuando había encontrado mi lugar en el mundo, cuando podía permitirme algunas cosas, cuando Ricard y yo habíamos conseguido ahorrar un poco y nos planteábamos comprar un apartamento en la Cerdaña porque a los niños les apasiona esquiar y así también podríamos ir en verano, pues cuando hablábamos de todo eso, se acabó. Ricard se ha quedado en el paro y por ahora no encuentra trabajo. De momento ha conseguido dar clases particulares en casa, pero claro, con eso no hay ni para empezar. Él y otro ex compañero de trabajo, que también es profesor de química, están pensando en montar algo relacionado con la enseñanza, dar clases de refuerzo, por ejemplo, aunque es difícil, muy difícil, ahora nadie quiere un refuerzo que hay que pagar aparte, no hay dinero. No hay dinero en ningún lado. Por suerte, aunque es verdad que cobro menos, la buena noticia es que todavía no me han despedido. Y digo todavía porque reina un ambiente que se diría que vayan a echarnos a todos de la noche a la mañana. En lugar del apartamento en la Cerdaña, al final tendremos que volver aquí, al pueblo de la niebla, a la casa solariega, donde a partir de ahora vivirá Albert, y cambiar de vida y de todo. Mira por dónde, es una opción.

Las opciones a principios de 1981 eran dos y muy claras, y yo había elegido la de Londres. No pienses, Annabel, no pienses, me aconsejó Maria, si ya lo has decidido, no lo pienses o no lo harás. Eso sí, si no estás convencida, no lo hagas, que después es muy duro. Por fin hablé, estoy decidida. Hacía una semana que lo arrastraba. Ah, cómo me costaba sonreír en Mauri y darles conversación a las clientas cuando me decían cosas, y ya no soportaba sus comentarios ni sus críticas sobre las personas que habían visto *en misa* el domingo, y pensaba, si supierais lo que voy a hacer, si supierais lo que me veo obligada a hacer. Si supierais que quiero deshacerme de la criatura que llevo dentro. Ah, no, no, Annabel, no es una criatura, no es nada, me replicaba entonces yo misma, es una chispa y tienes que quitártela de encima antes de que se convierta en criatura. Al final no podía más con tantos pensamientos en conflicto, me agotaban. Fuera, fuera, fuera.

Chica, ponme otro chocolate, me pedía una señora. Enseguida, le respondía con una sonrisa, y mientras me dirigía a la cocina me preguntaba si ella y las otras me perdonarían alguna vez lo que estaba a punto de hacer. De camino a la cocina me acompañaban sus perfumes, no el mío, que era demasiado suave y no podía competir. Pero es mi cuerpo, me decía, no el suyo. No son ellas las que tendrán que ocuparse del niño, si nace. Soy yo. Y luego me acostaba y seguía dándole vueltas. Y, dándole vueltas, pedí dos días libres en Mauri y me fui a Londres. Saqué todos los ahorros del banco y conseguí un pequeño crédito a devolver en un año. Maria me preguntó si necesitaba algo, pero le dije que no, que gracias.

No visité la ciudad de Londres. Y no he vuelto nunca más. En aquella ocasión solo pasé por la clínica, me aspiraron, dormí una noche allí y regresé a Barcelona. Y después me pasé el resto del día mirando la pared de la habitación. Me habían aspirado por abajo, pero también me habían aspirado lo que tenía en la cabeza. Me había quedado vacía. No tenía hambre, ni sueño, ni nada. Solo quería mirar la pared de la habitación.

Y fue entonces, aquel día terrible y vacío, el día después en Barcelona, cuando Maria entró en mi cuarto y me dijo,

¿sabes que mientras estabas fuera ha habido un intento de golpe de Estado? Aquí, digo, en Madrid. Ah, sí, respondí, apática. Sí, ya está arreglado, pero anoche pasamos mucho miedo. Miedo de qué, pregunté maquinalmente. Coño, Annabel, despierta, miedo de volver a los tiempos de Franco. Sabes quién era Franco, ¿no? Me lo había soltado en un tono algo burlón y brusco y se había ido. Yo sabía quién era Franco porque lo había sufrido, como todos, pero no entendía nada de lo que me contaba Maria. De todos modos, me daba igual.

Con el paso del tiempo he mantenido conversaciones de café, de trabajo, de todo, con gente que insiste en explicarme exactamente lo que hacían la noche del 23-F y cómo les afectó aquel intento de cambiar el curso de la historia. Y yo no podía contar nada porque ni siquiera me había enterado. Siempre he pensado que soy la única que no se enteró de lo que pasaba aquella noche y, ahora, encima, sale mi padre a las puertas de la muerte y cuenta que él, aquella noche, mató a un hombre. O sea que es posible que estuviera implicado, a favor de unos o de los otros. Pero como está inconsciente, no podemos saber qué ocurrió exactamente. Y si se muere sin decir nada más, se llevará el secreto a la tumba y no lo sabremos nunca.

Yo acabé inventándome una historia personal para el 23-F. Enseguida me di cuenta de que la necesitaría. De hecho, la única que sabía que aquella noche la había pasado en Londres era Maria, la del piso, así que para el resto del mundo me inventé que había pedido dos días libres para estudiar, pero me había puesto enferma y me había pasado toda la noche despierta vomitando y, al día siguiente, me contaron lo ocurrido, pero tenía tanto sueño que me dormí y me desperté cuando ya estaba solucionado. Es complicado y rocambolesco, sí, pero es lo que contaba, lo que he contado toda la vida, una y otra vez. Comencé a narrar mi historia con bastantes dudas, pero después fui animándome y ahora, cuando me preguntan dónde estaba —porque todavía es un tema recurrente entre gente de una edad determinada cuando no se sabe de qué hablar—, pues la cuento con todo lujo de detalles e incluso con cierta gracia.

Ay, qué fácil resulta bromear con lo que ya tenemos medio olvidado. Solo medio olvidado, porque hay cosas que en realidad no se olvidan. Hay cosas que no olvidaré jamás. En Londres había chicas que estaban al borde de las lágrimas, otras que temblaban y otras que estaban tan panchas, como si hubieran ido a pasar el día en la playa. Una de las que estaba al borde de las lágrimas se había girado cuando esperábamos en aquel banco de un piso de la agencia londinense que nos había llevado hasta allí y dijo, el mío se largó. Todas la entendimos, allí parecía que el español era la lengua imperante, aunque también había otra catalana con quien no crucé más de dos palabras. Se hizo el silencio. Después, otra llorosa dijo, el mío también. Una de las indiferentes se quedó mirándolas como si pensara, qué cosas os pasan. Yo me callé, no sabía si me habían dejado, de hecho, Jean-Paul no me había dicho que no fuera a volver. Jean-Paul no me había dicho nada. En cualquier caso, aquello parecía el club de las abandonadas.

Después vino la clínica, donde todo el mundo fue amable. Y después, el médico. Te dormiremos, aspiraremos y ya está, me pareció que me decía esbozando una sonrisa. Dije, ah, y así fue, aspiraron y me desperté y se acabó, pero llevo toda la vida, toda, oyendo aquella aspiración, todavía hoy la oigo y me pregunto qué pasaría con la chispa que nunca llegó a convertirse en criatura. Era una pluma pequeña, volátil, que se llevó el viento. Una plumita. La imaginé blanca e inmaculada. Y, tras el vacío inicial, apareció, flup, como si hubiera llegado volando desde algún sitio, y se me posó en la cabeza y me acompañaba a todas partes.

Al día siguiente, me levanté de la cama un poco como una autómata y fui a la facultad. Dentro de mí habían dado un golpe de Estado y yo, Annabel, aparentemente era la misma, atendía en clase, tomaba apuntes y todo lo demás. Solo que, cuando todos comentaban lo ocurrido, el golpe de Estado externo, me despistaba y me iba. De lejos escuchaba, qué fuerte, casi volvemos a la dictadura, me quedé de piedra, y yo, pues yo tengo unos vecinos que prepararon el equipaje para irse, e iba escuchando comentarios por el estilo y pensaba que no tenía nada que decir simplemente porque no había estado, porque estaba deshaciéndome de la aspiración que se había transformado en plumita blanca, y alzaba un poco la vista y veía su sombra. Ay, la van a ver, pensaba, pero no, los demás no se enteraban de nada, no veían nada, no prestaban atención a mi plumita blanca, y, por la tarde, las señoras de Mauri tampoco.

Pero Maria la del piso notó algo. Al cabo de unos días me sacudió por los hombros. Eh, Annabel, que jode mucho, ya lo sé, pero tienes que recuperarte. La miré sin verla. Puede que hayas visto la plumita, pensé. Pero no, no parecía que Maria mirase por encima de mi cabeza, sino que me miraba directamente a los ojos. El tal Jean-Paul te hizo una putada, el muy cabrón. No contesté. No pensaba en Jean-Paul. No sé, aquel francés que me había hecho el amor unas cuantas veces y al que un buen día se lo había llevado el viento había dejado de importar. Ahora lo único que importaba era no perder de vista la plumita blanca. Maria me cogió la cara entre las manos, reacciona, Annabel, reacciona. Tendré que sacarte a pasear porque no puedes seguir así.

El que sale a pasear ahora es Albert. Parece mareado.

—No puedo más… ¿Puede entrar otro? Dejadme dar un trago al vino.

Me ofrezco a velar a papá. Entro en la habitación y me siento en una silla a su lado. Papá, digo con el pensamiento al hombre que, más que un hombre, es un despojo, la misma noche que mataste a alguien, a mí me agujerearon el vientre. Lo miro y espero. Espero a que me conteste con el pensamiento, pero nada, no dice ni media palabra, ni con la mente ni con los labios ni con nada. Solo respira de esa manera que te provoca un nudo en la garganta y no te deja respirar bien. Quizá la muerte también se contagie.

La muerte. ¿He matado a mi hijo?, me preguntaba cuando desperté del letargo. Me lo pregunté durante mucho tiempo. Estaba convencida de que había hecho lo que debía y, no obstante, los sentimientos me torturaban en lo más hondo. Chica, últimamente andas como dormida, me dijeron las mujeres de Mauri. Perdonen, me disculpé, es que estoy de exámenes y duermo poco.

La gran excusa de los exámenes, papá, siempre ha servido para escaquearte de muchas cosas. Si pudieras leerme el pensamiento, sabrías cosas de mí que nadie sabe. Vine a casa a las dos semanas de abortar. Tenía ganas de estar en mi cuarto del pueblo, el de aquí al lado, precisamente, que también tiene una ventana como la de la sala, que también te permite asomarte y hundir la cabeza en la niebla. Tenía ganas de oír a mi padre refunfuñar, de oler el silencio de Albert y de que mi madre me abrazara un poco antes de ponerse a hablar con Nina de curas y perfumes. Tenía ganas de olisquear, pero no perfumes, sino lo que desprenden estas maderas y esta piedra, este suelo de baldosas antiguas. Tenía ganas de estar en casa. Y vine, pero no a la semana siguiente, sino a la otra, porque la primera semana no estaba segura de poder mantener una apariencia de normalidad. Mi madre me habría leído en los ojos que pasaba algo. Así que esperé quince días. Y entonces sí, vine a descansar aquí, igual que ahora descansas tú, papá. En casa se está bien.

Oigo a Albert y Nina charlando en la sala. Albert habla del trabajo. Mi hermano tuvo una novia con la que casi se lo piensa, salieron mucho tiempo, y ella venía por casa a menudo. Albert era muy joven por aquel entonces, fue antes de lo de Jean-Paul y el aborto. No sé qué pasó entre ellos, pero la cuestión es que ella se marchó y desde entonces, desde aquel día, Albert no se ha atrevido a acercarse a una mujer en serio. Sí que sale desde hace años con esa que tiene tan mala fama, Montse, pero deben de mantener una relación de amantes que quedan de vez en cuando y punto. Aunque no sé si mi hermano sabe que no es el único. Espero que lo tenga claro, porque me da la impresión de que a esa chica no le va la monogamia. A veces pienso que Albert debería dar un paso en algún sentido, pero la verdad es que de vez en cuando rezonga que prefiere estar solo que mal acompañado. Y yo pienso, ay, a ver si se nos mete a cura, por mantener la costumbre familiar, pero no, nunca lo ha hecho y dice que está bien solo. Con todo, un día a mi padre se le escapó que algunas noches Albert sale y no vuelve hasta el día siguiente, y eso algo debe de significar.

Maria cumplió su promesa y me sacó a pasear. A pasear

quería decir a salir por Gràcia un par de noches a la semana. Maria tenía un círculo de amistades de artistas que frecuentaban bares donde todos fumaban y alguien tocaba la guitarra o el piano. Bares donde se hablaba del socialismo como la gran solución a todos los problemas del mundo. Yo no era socialista y, de hecho, en el pueblo la palabra socialista sonaba a pecado, por no hablar de las señoras de Mauri, que la pronunciaban en voz baja atribuyéndola a algún descarriado. Tampoco fumaba, pero comencé en aquella época. Me ofrecieron un cigarrillo y lo rechacé. El segundo también, y el tercero y el cuarto. Pero cuando ya me habían ofrecido diez, un día acepté. También empecé a beber vodka con naranja. Y no me hice socialista, pero simpatizaba con ellos porque era lo que se llevaba y porque era bonito predicar la igualdad entre las clases. Pero todo eso fue cuando ya estaba más o menos cómoda. Los primeros días me sentía extraña. Frecuentábamos sobre todo un bar de estudiantes de letras y del Institut del Teatre, es decir, de interpretación y de danza. Para mí era un mundo nuevo, tan distinto de mi facultad, de Mauri y del pueblo que tuve que empezar a relacionarme de otra forma y desde cero, si bien es verdad que, como todos los otros lugares tampoco se parecían entre ellos, estaba acostumbrada a cambiar de manera de ser y de expresarme según donde estuviera.

Me levanto y toco la mano huesuda de mi padre. Está fría. Le subo un poco la manta. Él no se entera, continúa resollando. No creo que así consiga calentarle la mano, si es que es la muerte la que la enfría. Salgo un momento y les digo a mis hermanos:

—¿Seguro que no deberíamos llevarlo al hospital? Parece que sufre…

Nina me mira con dulzura:

—No te preocupes, Annabel, no sufre. Es la agonía de la muerte..., pero no sufre.

Nina debe de haber atendido a un montón de enfermos terminales y sabe de lo que habla. Prefiero creerla, aunque me cuesta. Vuelvo a entrar en la habitación, me siento donde estaba antes y toco de nuevo la mano fría que no puedo esconder bajo la manta porque está conectada mediante una aguja a la vía que lo liga, como mínimo, a la tranquilidad.

Suspiro, me levanto y me pongo a pasear de aquí para allá. Me detengo frente al espejo del armario y me miro de arriba abajo. Adónde has ido a parar, Annabel, me pregunto a mí misma, eres una mujer de cincuenta y tres años hecha y derecha, ya no tienes nada que ver con la jovencita de la plumita en la cabeza. Se me ha oscurecido la piel, lo de la edad no tiene remedio. Y un día acabamos como él, como mi padre, que veo reflejado al fondo. Y es entonces cuando debemos valorar si lo que hemos hecho lo hemos hecho bien o al menos ha valido la pena. Acerco la cara al espejo, que me devuelve un rostro donde empieza a marcarse ligeramente, a fuerza de líneas más o menos pronunciadas, el rastro de los años. Con lo tersa que tenía la piel.

Pareces la bailarina de porcelana que sale cuando abres una caja de música, me decía Jordi intentando acariciarme la mejilla. Yo me apartaba instintivamente y él se quejaba, eh, eh, qué pasa, a ver si no voy a poder ni tocarte una mejilla, chica. Lo decía como ofendido, pero después suavizaba las formas y volvía a decirme, eres muy bonita, sí. Yo no entendía nada, si quería una bailarina, tenía unas cuantas a mano, se reconocían fácilmente porque caminaban de una forma especial, con el cuello estirado y los pies abiertos, y porque casi siempre llevaban el pelo recogido en un moño. Venían a la taberna pero bebían poco y se acostaban temprano. Yo no soy bailarina, respondí al final, pensando que quizá me confundiera con otra. Ya lo sé, me contestó con suavidad, ya lo sé. El local estaba cargado de humo y precisamente Jordi fumaba un cigarrillo tras otro. Fue él quien me inició en el vicio. No se lo recrimino, en aquella época no nos preocupaba tanto como ahora, entonces lo de fumar era como pertenecer a un círculo solo apto para unos cuantos privilegiados que sabían abordar grandes cuestiones. En aquel momento, el día que me dijo que era como la bailarina de una caja de música, le pedí un cigarrillo porque no sabía qué decir y pedir un pitillo era una salida por la tangente que siempre funcionaba y no estaba mal visto. Además, no tosía al tragar el humo, que ya era mucho.

Hacía más o menos un año que me dejaba caer por el bar con Maria. Al principio, me arrastraba ella y después me aficioné, a pesar de que de vez en cuando todavía levantaba la vista para comprobar si me acompañaba la plumita blanca. Si oía un flup, pensaba con resignación, ya está, ha caído del cielo, la llevo conmigo. Y entonces se me encogía el corazón y se me humedecían los ojos. Por las noches, durante mucho tiempo, soñé que, al extirparme aquella semilla de vida, me ponían otra y yo me inflaba y me inflaba y la barriga se me llenaba de bultos enormes, tan grandes que me daba vergüenza enseñarlos. Y me encerraba en el lavabo para que no me vieran hasta después de parir, y lo que paría era un monstruo. Entonces me ponía a gritar porque tenía miedo de mi propio hijo. Y, por suerte, no pasaba de ahí porque me despertaba.

Lo de ir a la taberna de Gràcia consiguió que viera otras

cosas y conociera a personas diferentes de las que solía tratar. También sirvió para que poco a poco dejara de soñar con monstruos. La plumita me rascaba en la cabeza de vez en cuando, pero lentamente comencé a entender que tenía que conseguir como fuese que se alejara volando. Así fue como me encontré en el ambiente que frecuentaban los estudiantes que tenían mi edad pero que eran mayoritariamente de ciudad. Círculos de gente que discutían lo que había pasado, lo que yo no había vivido, lo de la noche más larga, y también discutían sobre lo que pasaría ahora que el golpe había resultado un bluf. La palabra socialismo resonaba insistentemente en las paredes del local y se mezclaba con el humo del tabaco y los efluvios del alcohol, era una palabra que también se olía, como los perfumes de mi madre, y era la ilusión de todos aquellos jóvenes ataviados con jerséis largos, melenas igual de largas y macutos, que era lo que entonces se llevaba tanto para chico como para chica. Maria también vestía así y también llevaba macuto, pero yo no, y sabía que determinadas personas murmuraban sobre mí, sobre mi pelo justo por debajo de las orejas y mi aspecto acicalado. El primer día debieron de tomarme por una dependienta o una camarera, que es lo que era. Maria lo aclaró enseguida, trabaja en Mauri. *Qué pija*, dijo uno. Y me dejó estupefacta.

Normalmente me sentaba en un rincón y observaba lo que pasaba o me acercaba al que tocaba la guitarra, que según lo que interpretara o intentase interpretar conseguía congregar a más o menos personas. Como un ritual el aspirante a músico empezaba a dar acordes inconexos mientras se colocaba, muy bien colocados, el vaso de la bebida a un lado y el pitillo en los labios, que no soltaba hasta que se disponía a interpretar en serio alguna canción. Entonces enganchaba el cigarrillo entre un par de cuerdas, que así iba consumiéndose poco a poco durante el rato que duraba la canción. Y la ceniza iba cayendo al suelo como si formara parte del juego; prácticamente era indispensable tener un cigarrillo entre las cuerdas que fuera soltando ceniza al suelo. Y así comenzaban a tararearse las primeras notas de «Que tinguem sort» de Lluís Llach, pieza estrella del local, del momento, de la época, una suerte de himno generacional, con el «*I així pren tot el fruit que et pugui donar*» gritado a pleno pulmón por un montón de personas que, en cuanto oían la canción, se acercaban a la guitarra, al cigarrillo entre las cuerdas, al guitarrista melenudo que, quienquiera que fuese, nos fascinaba a todos solo porque respondía a esos patrones, que eran los que necesitábamos imperiosamente o exigíamos o buscábamos o a saber qué. Yo me notaba los ojos llorosos cuando cantábamos lo de «*No és això, companys, no és això*», no podía evitarlo. Aquella canción representaba el cambio de tono, la deriva hacia los espirituales negros que venían a continuación, tristes, melancólicos, reivindicativos de una felicidad que ninguno de nosotros creía poseer. Y entonces tenía que contenerme mucho para no llorar a moco tendido porque la plumita volvía a rondarme, flup, igual que el recuerdo del hombre que me había destrozado el corazón. Todo, de repente lo recordaba todo.

La verdad es que Jordi no congregaba a mucha gente a su alrededor, porque solo sabía tocar tres acordes con la guitarra y, cuando no había nadie, la cogía para practicar el cuarto. El primer día que me habló, cuando me quedé embobada mirándolo, dejó la guitarra a un lado y me dijo, con una mueca que pretendía ser cómica, esto de la música no es para mí, yo soy de letras. Me reí y le respondí, no sufras, como me ponga a cantar, salen todos corriendo. Jordi tenía un acento muy de Bar-ça-lo-na, con las vocales muy abiertas, y cuando me escuchó a mí, enseguida me preguntó si era de pueblo. Sí, sí, de la Plana de Vic, contesté, un tanto angustiada al ver que en un bar de Gràcia también me lo preguntaban. Por no sentirme tan incómoda, le devolví la pregunta, y tú. Yo, sonrió mientras encendía un cigarrillo, de Gràcia de toda la vida, toda la familia vive aquí. Lo dijo orgulloso, en aquellos tiempos ser de Gràcia era un valor añadido, y pertenecer a la comisión de una de las calles que se engalanaban durante la Fiesta Mayor, todavía más. Jordi, de hecho, no hablaba de otra cosa, solo del trabajo que les daba durante todo el año pensar en adornar la calle para las fiestas. O bien, del futuro de Cataluña basándose en el pasado más inmediato, en la dictadura, la transición y la cuestión nacional, que en aquel momento era una expresión elíptica que pocos sabían lo que significaba en realidad ni adónde podía llevarnos. Jordi me daba discursos nocturnos que acababan tarde. Ya nos veremos, se despedía Maria a una hora determinada, y yo me quedaba escuchando y, cuando llegaba al piso, habían dado las tres y a las siete tenía que levantarme y se me pegaban las sábanas, después iba todo el día adormilada, pero es que había descubierto que si me cansaba mucho uno o dos días a la semana conseguía olvidarme del resto, iba aparcando poco a poco a Jean-Paul, la plumita blanca y el viaje al club de las abandonadas de Londres.

Y, pasito a pasito, Jordi fue acercándose a mí, hasta que un día se acercó muchísimo, me acarició la mejilla y di un respingo. Y es que, con aquel contacto, había revivido la pasión de Jean-Paul y me había vuelto el regusto amargo de su rastro. Cuando Jordi se quejó de mi reacción, lo miré con expresión hostil sin decir nada, no pude evitarlo. Con tanta hostilidad lo miré, que cambió de tema y se puso a hablar del vodka con naranja que estábamos tomando. Me sentía como si me hubieran metido en un baúl que apestaba a Jean-Paul y me obligaran a quedarme allí encerrada. De repente el pasado lo manchaba todo. Acabé la copa y dije que iba al servicio. En el lavabo intenté calmarme, no podía quedarme con Jordi de aquel modo, sin permitir ni siquiera una caricia. Habían pasado tres meses, habían transcurrido noventa días desde el viaje a Londres, desde que me habían extirpado cualquier rastro del hombre que tantas veces me había lamido todo el cuerpo... Me cayó una lágrima y entonces me di cuenta de que no lo había olvidado, de que solo creía que lo había olvidado. Será el instinto de supervivencia, que nos hace creer que olvidamos la espina que nos han clavado en el hígado, me dije a mí misma sin demasiada convicción, adoptando una doble personalidad de emergencia. Suspiré un momento y regresé con Jordi, cogí mis cosas y le dije, perdona, no me encuentro muy bien. No pasa nada, vete, me respondió, comprensivo. Salí del local tambaleándome un poco porque había bebido demasiado.

Cada vez que iba al bar de Gràcia bebía como mínimo un par de vodkas con naranja. Y cada día fumaba más. Y luego llegó la maría, que yo no había probado hasta entonces porque me daba miedo. Pero dejó de darme miedo, y siempre había alguien que me la ofrecía, así que comencé a mezclar hierba con alcohol y todo se teñía de un color diferente, más relajado, más tranquilo, y el pasado no dolía y todo era maravilloso. Y las noches se alargaban entre nieblas de humo, música de fondo, tertulias animadas sobre política y derechos sociales que reivindicábamos desesperadamente. A Maria a veces ni la veía, pero un día me esperó a la salida del trabajo y me dijo, a ver, Annabel, ¿seguro que no te estás pasando?, vas medio zombi toda la semana y diría que fumas y bebes demasiado, no sé, chica, al principio quería que te distrajeras, pero empiezo a arrepentirme. Bah, no sufras, respondí con un bostezo, sé cuidarme y estoy bien. Lo dije rápido y sin mirarla a los ojos, porque no era verdad que estuviera bien. Ella lo sabía, cómo van los estudios, me preguntó, no te veo estudiar. Acababa de meter el dedo en la llaga y reaccioné como cabía esperar, mira, eso es asunto mío, tú no te metas. Maria se calló, me miró fijamente un momento y se fue.

Maria tenía razón. Mandé un curso a paseo por culpa de Jean-Paul y la plumita. Necesitaba quitármelo de la cabeza y, delante de los libros, era imposible. No tenía experiencia olvidando, a olvidar se aprende a lo largo de la vida, a los veinte años no sabes hacerlo y la huida hacia delante a menudo pasa por un local nocturno cargado de humo y unas cuantas copas. Pero no por los libros. No dejaba Mauri, no podía dejarlo si quería un mínimo de independencia económica, e intentaba cumplir, pero no podía cumplir con los estudios, me superaban, y no sabía qué dirían en casa si no aprobaba el curso. Además, sin darme cuenta, había empezado a cambiar la manera de vestir y llevaba, como el resto del bar, el pelo largo y tirando a descuidado y un macuto que siempre contenía un paquete de tabaco. En casa, cuando iba de visita, comenzaron a preguntarme por qué me arreglaba tan raro. Estudias mucho, me preguntaba mi madre clavándome los ojos en los míos al ver cómo había cambiado. Sí, mentía yo, y notaba que mi madre era perfectamente consciente de mi mentira, pero también que ella sabía que había otra cosa que no podía contarle. Ante la mirada de mi madre, me sentía desnuda. Las madres lo saben todo aunque no lleguen a confesarlo nunca. Las madres ven más allá de las paredes del rostro, más allá de la piel y más allá incluso de nuestro propio pensamiento. Ahora que soy madre, me ocurre con mis hijos, y estoy segura, ahora que soy madre, de que en aquella época mi madre vio que me había pasado algo grave. Pero calló.

Volví a Barcelona. A cada día que pasaba estaba más mareada, tenía la impresión de ir cayendo lentamente por un pozo sin fondo y hacía lo imposible por mantenerme a flote, arriba. Pero hasta la plumita empezó otra vez a rascarme la cabeza, cada vez más fuerte, y me dolía y no sabía cómo evitarlo. Y una noche bebí demasiado y me puse a reírme como una tonta de algo que pasaba, no sé de qué, porque llega un punto etílico en que no sabes de qué te ríes ni por qué lloras pero, eso sí, todo el mundo se llena de risas que te colman los oídos y la cabeza o de llantos que te inundan la mente. En este caso eran risas. Jordi reía conmigo, los dos fumábamos intensamente y yo no veía nada, solo lo veía a él, cada vez más cerca, más cerca, hasta que se me echó encima y me besó y le correspondí porque me empujaron el cuerpo y el alma, todo. Cuando terminó aquel beso eterno, Jordi simplemente dijo, ya era hora, vamos. Y yo, todavía riéndome, acepté. Me hervía todo y, en aquel momento, solo tenía ganas de meterme en la cama con aquel chico que sabía tanto de política y tan poco de música. Explícame la cuestión nacional, le pedí cuando salíamos del local. Lo dije en broma, pero él se lo tomó en serio. Y, mientras caminábamos por la calle, silenciosa después del barullo de la taberna, mientras avanzábamos cogidos, muy cogidos, él iba hablándome de una Cataluña libre y socialista y yo pensaba, este tío es un extremista pero me importa un pito. Porque por entonces quienes pensaban así se consideraban extremistas. Y en su piso tenía una *estelada*. Está prohibido, comenté, un poco alterada. No la ve nadie, replicó. Y, atrayéndome hacia la cama, añadió, venga, basta de cháchara.

De pronto, papá inspira tan hondo que se me hiela la sangre. Es una inspiración que hurga dentro de él en busca de aire, un poco de aire que le llegue a los pulmones y le sirva para seguir vivo. Parece un golpe de viento que rascara las paredes de una antigua caverna que ya no es tal por culpa de un desprendimiento. Es un ruido espantoso que hace que Albert y Nina entren corriendo en la habitación. Albert está blanco. Nina dice:

—Son… las últimas.

La hemos entendido, se refiere a las respiraciones. Mi padre emite más. Una y otra. Asustan. A mí, al oírlas, me da la impresión de que los pulmones me suben hasta la boca. Me parece ver la muerte entrando por la puerta como un golpe de viento de esos que persigue mi padre y, volando, se instala sobre el cuerpo de quien quiere quedarse pero sabe que tiene que marcharse a la fuerza. Ahora alargará sus brazos invisibles, lo agarrará y se lo llevará, pienso. Serán como unos amantes que por fin vuelven a encontrarse en la cama, pero solo como punto de partida hacia un viaje infinito.

Jordi y yo también usamos la cama de punto de partida. Estábamos llenos de deseo y de pasión, nos salía por la boca, por los ojos, por los poros de la piel. Solo queríamos conseguir una pizca de felicidad momentánea. Pero las cosas siempre ocurren por alguna razón y aquel día debía de haber algún motivo para que no alcanzara el menor indicio de felicidad con Jordi. Fue más bien al revés, porque el exceso de alcohol me pasó factura. Me lo quité de encima de repente y, sin decir nada más, me levanté y eché a correr. Suerte que antes había visto con el rabillo del ojo dónde estaba el lavabo, de repente me había subido un reflujo por el esófago, de los que no te esperas y no hay forma de reprimir. Lo eché todo. Todo. Y allí, sentada en un taburete después de echarlo todo, encontrándome fatal, rompí a llorar. Jordi, de lejos, me preguntó si estaba bien. No, respondí entre hipos. No estaba bien. Aparte de las lágrimas, de todas las lágrimas que no había derramado en su momento y me daba la impresión de estar sacando de golpe, la cabeza me daba vueltas cada vez más rápido y comenzaba a dolerme una enormidad. Jordi entró e intentó abrazarme. Va, con lo bien que nos lo estábamos pasando, dijo, e intentó cogerme para llevarme de vuelta a la cama. Me zafé, no, Jordi, no me encuentro bien, ¿no lo ves? Sí, mujer, es normal, has bebido de más y ya está. Que no, que no estoy bien. Él se reía un poco y a mí continuaban cayéndome las lágrimas por Jean-Paul y por el hijo que no había tenido. Por una historia malograda que me había robado la juventud. Jordi intentó tocarme las tetas y yo le espeté, basta, vete. Y fui a la habitación a ponerme la ropa que me había quitado. Él se quedó pasmado en mitad del pasillo. Cuando salí a toda prisa llorando por los descosidos, con una quemazón en el estómago y la cabeza a punto de estallarme, le oí que decía, jo, chica, qué arisca eres.

Un día exploté en casa, en brazos de mi madre. Estás muy flaca, me dijo. Y yo le contesté así, a bote pronto, que no aprobaría el curso. Ella se sobresaltó, y eso, preguntó. He tenido un problema y no he podido concentrarme. Había decidido contarle la verdad a medias, explicarle lo que había pasado con Jean-Paul y el resto no. Estábamos las dos solas, pero entonces entró Nina. Déjanos, le pidió mamá con un gesto. No, no, que se quede, dije. Nina era un ángel, siempre me inspiraba tranquilidad y confianza, por todo. Y arranqué, pues es que, es que me enamoré de un hombre y me dejó y... No pude añadir nada más. Me puse a llorar. Me tapé la cara con las manos y entonces mi madre se acercó, ay, Annabel, pobrecita, quién es el burro que te ha roto el corazón y qué te ha dicho, por qué se ha ido. Mi madre me abrazó y sentí que no había nada mejor, que ninguna almohada secaría las lágrimas mejor que ella. No lo sé, dije, no sabía ni su dirección. Cómo, qué dices, qué quieres decir. Pues eso, que era francés y desapareció. Noté que mi madre dejaba de acariciarme un instante. A ver, explícamelo, me pidió, esperando a que levantara la cabeza. Le conté la verdad, todo cuanto sabía, y que lo había conocido en Mauri. Hablé de todo menos del viaje a Inglaterra. Nina callaba y escuchaba atentamente. Debí de parecerles la reina de las ingenuas y Nina seguro que pensó que, para ser la hermana mayor, no daba muy buen ejemplo. Pero para mí significaba un consuelo que ella también estuviera, que escuchara lo que estaba contando. No hablábamos mucho, pero me gustaba estar con ella. Mi hermana emanaba serenidad. Y todavía la emana. Mi madre, cuando acabé, dijo, tonta, con los labios muy apretados, conteniendo la rabia. Después me abrazó y me cubrió de besos. Y ahora cómo estás, me preguntó con la angustia reflejada en la mirada. Mejor, le dije, mejor, pero me he distraído mucho de los estudios, lo siento. Agaché la cabeza y después volví a levantarla para prometer, el año próximo será distinto, no volverán a engañarme. Mi madre sonrió con tristeza, recuerda, hija mía, que el hombre es el único animal que tropieza dos veces con la misma piedra. Y cuando nos enamoramos nos volvemos tontos. Me dio otro beso en la frente y se fue porque tenía que abrir la tienda. Me quedé sentada en el sofá con Nina, que me cogió por los hombros. Entonces, solo entonces, cuando mamá ya no estaba, me giré hacia mi hermana y le dije sin ambages, tuve que ir a Londres. Nina cerró los ojos y movió un poco la cabeza mientras musitaba, Dios mío. Después me preguntó si él lo sabía. No, no, se marchó y ya no volvió. Yo habría tenido al niño, pero se me hizo todo muy cuesta arriba. Dios mío, repitió Nina. Entonces caí en la cuenta de que acababa de confesarle a mi hermana, tan devota, que había abortado. Lo siento, me disculpé de pronto. Pero ella en ningún momento aludió a sus creencias. Me acarició en la mejilla, y su gesto me recordó a Jordi.

Jordi. Qué debía de pensar de mí. Hacía dos semanas que había vomitado en su piso y no había vuelto a pisar la taberna de Gràcia. Chica, pasas de un extremo al otro, me había dicho Maria aquella noche, o te tiras las noches de fiesta o te encierras en casa como una gallina. Supongo que esperaba que le replicara o me echase a llorar. No hice ni una cosa ni la otra, solo la miré con aire culpable. Después de un día con un dolor de cabeza horrible, aterricé en el planeta de los estudiantes que están obligados a llevar una vida más o menos sacrificada y pasé unos días extraños, austeros. Por las mañanas me quedaba en casa o iba a comprar la comida. Por la tarde, trabajaba. Empecé a tener claro que tenía que llorar, que debía llorar intensamente, y también comprendí que solo lo haría en brazos de mi madre. Fue entonces cuando vine aquí a llorar con ella. Es curioso, me acordaba de ella cuando estaba mal, cuando me sentía perdida, cuando necesitaba pedir perdón por haber desperdiciado un curso. Como mi padre, que también necesita pedir perdón antes de irse al otro mundo.

Ahora estamos todos alrededor de la cama. Nina le coge una mano a papá y le resbala un lagrimón. Yo intento aliviar el sufrimiento del alma que se va acariciándole el pelo al hombre que solo entendía a las vacas. Pobre papá, ha sido una persona extraña para todos. Y Albert también, pero de otra manera. Albert tiene buen corazón, pero es brusco y un poco parco para las cosas que requieren ternura. Espero que, a su modo, sea feliz. Me sabe mal verlo tan solo. Es cierto que Nina también está sola, pero no es lo mismo. Nina...

Papá ha dado otro suspiro. Abre los ojos, busca aire por última vez, y los cierra definitivamente. Se acabó. Se acabaron el ruido y el desasosiego. Se acabó todo. Nina se le echa encima hipando:

—¡Papá! ¡Papá!

A mí se me escapan los lagrimones. Al fin y al cabo es mi padre y lo quiero mucho. Después pienso que ya no sabremos nunca su secreto. Acaba de dejarnos huérfanos. Me agarro a Albert, que me rodea los hombros. También llora. Nina se calma, se yergue, se seca las lágrimas y adopta aires de profesional para cubrir la cara de papá con un pañuelo que ya tenía a punto. Luego telefonea al médico, hay que certificar la hora de la defunción. Yo veo cómo la muerte se lleva el alma desgastada de mi padre. Ya no tienen necesidad de hacer el amor en la cama.

Todo el mundo muere. También mueren los sentimientos. Y desaparecen las personas de nuestra vida. O bien reaparecen al cabo de mucho tiempo con otra apariencia y significado, cuando ya no nos sirven. Como pasó con Jordi. Después de aquel verano, una vez recuperada, me esforcé mucho, me saqué el título de maestra y empecé a dar clases. Entonces todavía había trabajo, no como ahora. Dejé de salir por Gràcia. No quería encontrarme con Jordi porque no tenía nada que decirle. Si algún día salía, iba al Born.

Conocí a Ricard en la primera escuela donde trabajé. Empezamos a salir, nos fuimos a vivir juntos, cosa que escandalizó a mis padres, y pasado un tiempo prudencial, nos casamos. Después me metí en política y sonreí al caer en la cuenta de que me había afiliado a un partido que abordaba la cuestión nacional. A ver si voy a encontrarme con Jordi, pensé con un punto de ironía. Y no fue ironía porque, efectivamente, coincidimos en un congreso. Nos saludamos tímidamente, él tenía pareja e hijos, igual que yo. No has cambiado, le dije. Tú sí, respondió, estás mucho más guapa. Me ruboricé y le di las gracias. Aquel primer día sobraban las explicaciones. Pero al cabo de un tiempo me pareció que tenía que decirle algo. Y un día que almorzamos juntos le conté todo lo que había pasado y le pedí perdón. Él me interrumpió, no, mujer, perdóname tú a mí, pero no sabía nada... Qué va, insistí, no se deja a un hombre con la miel en los labios de esa manera. Lo dije con una sonrisa, él se rió y continuamos comiendo. La vida seguía, nos habíamos separado un tiempo, pero después recuperamos la amistad. Y hasta hoy, que seguimos siendo buenos amigos.

Llaman a la puerta. Voy a abrir, es el médico con el maletín, que me da el pésame y entra para certificar que mi padre ha muerto a tal hora de tal enfermedad.

Y mientras el médico cumple con el papeleo, pienso en que nunca más he tenido noticias de Jean-Paul. De la plumita sí. Todavía aparece de vez en cuando. Ahora mismo, flup, se me ha posado encima de la cabeza. Y todavía duele.

Albert

Nos hemos quedado solos. Los tres solos. Se han llevado el cadáver de mi padre a la funeraria. Tenéis nicho familiar en el cementerio, nos ha recordado el cura. Mañana lo enterraremos y no quedará ni rastro. Y se habrá llevado a la tumba su secreto, el del hombre que dice que mató, aunque creo que ya no sabía lo que decía cuando nos lo ha contado. Me da la impresión de que estaba más muerto que vivo y tenía visiones, tal vez se imaginaba que era uno de los militares sublevados. Cualquier cosa.

Con todo, cuando ha soltado que el 23-F había matado a un hombre, he temblado un poco. El recuerdo de lo que pasó aquella noche me ha punzado el fondo del alma. Lo que no saben ni Annabel ni Nina es que probablemente soy el único que no vivió los hechos de aquella noche que todo el mundo considera tan emocionantes. No me enteré de nada. Solo a la mañana siguiente, cuando fui a trabajar, me contaron lo ocurrido. Y entonces dije, uf, solo eso, porque pensé que realmente Dios hace con nosotros lo que le place y nos coloca en otro sitio cuando en el centro de nuestra vida habitual se cuece lo inimaginable. Lo que me costó aguantar todo el día fingiendo estar muy despierto cuando la verdad era que no me aguantaba en pie porque prácticamente no había dormido.

Nina propone cenar.

—No podemos quedarnos aquí, muertos de hambre... Mañana tendremos que estar en forma, será un día largo.

Hoy ya se ha hecho largo. Cuando mi padre ha fallecido, ha desfilado por casa todo el pueblo. A mí estas cosas me aturden. Suerte que Nina y Annabel se han ocupado de recibir el pésame como es debido, de sonreír y ofrecerles algo a los presentes. Pero no, el mayor deseo de nuestros vecinos era ver al muerto. No saben que los muertos no tienen nada que ofrecer. Solo, quizá, algún secreto. Y, en el caso de mi padre, ni eso, porque se lo ha llevado a la tumba. Pero quieren ver al muerto, quieren verle la cara, quieren ver cómo ha quedado, qué deseo tan morboso, yo prefiero recordar a mi padre vivo cuando esperaba para cenar o cuando volvía a casa por la tarde, últimamente acompañado del chico, que debía de estar preocupado por si tenía un accidente en la carretera. Suerte que el chico se queda en la granja, porque ahora nadie quiere dedicarse a esto. Pasarse el día allá arriba, entre las vacas, ya no se lleva en el pueblo. Aquí todos se van a Vic o a Barcelona. Solo mi padre y el chico seguían subiendo. Y ahora solo quedará el chico. El chico y los secretos de mi padre, que tal vez le contara a las vacas. Todos tenemos secretos. Todos tenemos cosas que no queremos decir, que no le contamos ni a nuestro mejor amigo.

Yo, de pequeño, no tenía amigos. En la escuela todos los niños jugaban al fútbol y a mí no me gustaba el fútbol. No me gustaba porque tenía los pies planos y correr me cansaba.

—¿Dónde está la sal, Albert? ¿Qué tienes en la nevera? No se nos ha ocurrido salir a comprar...

Me acerco a Nina y Annabel. Nina solo viene los fines de semana, de manera que quien sabe lo hay y lo que falta soy yo. Mi padre y yo nos las apañábamos bien los dos solos. A mí, la cocina no me desagrada, y cada noche le dejaba preparado un buen plato para la comida del día siguiente. Por la noche, cenábamos juntos. Siempre cosas ligeras... Y los fines de semana Nina se empecinaba en prepararnos exquisiteces. Nina es buena cocinera.

Les enseño lo que hay y decidimos. Acabamos decantándonos por el pan con tomate, porque hay pan congelado y tomate, fuet, huevos y un poco de jamón york.

—Ya corto yo el pan —digo, y me pongo manos a la obra.

Annabel me pregunta dónde se guarda el mantel y todo lo necesario para poner la mesa. Nina me ayuda a prepararlo todo y a hacer las tortillas. Es bonito que estemos los tres en casa. Somos muy distintos, pero, al fin y al cabo, somos la única familia que nos queda. Una familia de lo más extraña, como siempre. Una familia plagada de misterios. Todos escondemos misterios en la mirada. Al menos yo tengo uno y mi padre, otro. La única que no tenía secretos era mi madre y por ella, precisamente, empezaron los problemas. Un día en la escuela se me acercó Gerard, que por entonces era el líder de la clase, y me dijo en voz baja, qué, tu madre. Y me giré y le devolví la pregunta, qué de qué. Él alzó un poco la voz, que qué tu madre, que qué va a hacer ahora. Contesté, inocentemente, se ha quedado con la perfumería de la abuela. Gerard se rió con aire peligroso, sí, y antes era monja, eh. De monja a puta, tu madre ha pasado de monja a puta, repitió. Y entonces se juntaron todos los niños y se pusieron a corear, de monja a puta, y yo no entendía nada, solo oía aquella ofensa a la persona de mi madre que estaba abriéndome un agujero en el estómago. Y no podía hacer nada porque eran muchos niños y estaba solo. Me tapé las orejas con todas mis fuerzas y entonces ellos también gritaron con todas sus fuerzas, de monja a puta. Gritaron tanto que la maestra, que estaba en la otra punta del patio, oyó que pasaba algo y vino dando palmadas. En cuanto la vieron, se largaron todos y me dejaron allí plantado, solo. Al ver a la maestra me eché a llorar. Tenía diez años y creía que ya no debía llorar, pero no pude evitarlo. *¿Qué ha pasado, Alberto?*, me preguntó. La maestra era castellana y yo, para los maestros, me llamaba Alberto. Fui Alberto hasta que murió Franco. Contesté sin alzar la cabeza. *Gerardo ha dicho que mi madre era monja y luego puta, y después lo han dicho todos muchas veces.* Más o menos me hice entender. Aquí, en el pueblo, tenía la suerte de que nadie sabía hablar castellano correctamente y así se disimulaba más el hecho de hablar mal una lengua que se suponía que debíamos dominar a la perfección. La maestra, que compraba perfumes en la tienda de mi madre, me acarició el pelo. *Anda, no les hagas caso, tienen envidia. Tu madre tiene una profesión muy cristiana.* No sé qué la empujó a decir que la profesión de vendedora de perfumes era muy cristiana. Tal vez aludiera a su generosidad regalando muestras a las clientas. En aquel momento me dediqué un buen rato a pensarlo, y todavía me lo pregunto. Solo se me ocurre que la maestra quisiera dejar sentado que apreciaba mucho a mi madre, no fuera a dejar de hacerle descuentos. Sería eso.

Al día siguiente Gerard pasó por mi lado en la fila. Por lo visto la maestra lo había castigado sin patio por haber instigado aquella manifestación contra el honor de mi madre y entonces, cuando pasó por mi lado, me dijo al oído, como vuelvas a chivarte, te la corto, bocazas. Me quedé tieso. Una amenaza de Gerard no era cualquier cosa, todo el mundo le tenía miedo. Madre de Dios, pensé, y me pregunté a qué se refería, si quería cortarme la lengua u otra cosa, y acabé por deducir que se refería a otra cosa porque, si me cortaba la lengua, se notaría mucho y lo expulsarían. Pero no me atreví a poner nombre a esa otra cosa, nunca hablábamos de eso. Era otra cosa y punto.

—¿Por qué sonríes, Albert?

Nina acaba de pillarme recordando lo ingenuo que era cuarenta años atrás.

—Recordaba, Nina...

—¿Tiempos pasados con papá?

—De todo... Sí, también...

He mentido, aunque también podría recordar, sí, tantos días, tantas sesiones delante del televisor los dos solos estos últimos diez años, sin mi madre. Mi padre no decía nada y yo tampoco. Me dicen que hablo poco y, de hecho, todo lo que hablo lo reservo para el trabajo, cuando tengo que explicarles algo a los clientes de manera que se entienda. Entonces dicen que se me entiende. Que soy claro y didáctico. Pues mira qué bien.

Hemos terminado de cortar el pan, frotarlo con tomate y hacer las tortillas, así que llevamos las cosas al comedor. Nos sentamos en silencio y, como si nos hubiéramos puesto los tres de acuerdo, devoramos lo que tenemos delante. Luego, nos miramos con aire culpable y Annabel no puede reprimir la risa:

—Cómo se nota que no habíamos comido nada en todo el día...

Es cierto. Mi padre ha muerto hacia las tres de la tarde. No estábamos para comidas. Y después, con la de gente que ha pasado por casa, ha sido imposible picar nada, aunque he tenido ganas porque se me quejaba el estómago. Pero quedaba fatal irse a la cocina a comer algo con tanta gente entrando y saliendo de casa. Primero ha venido el médico y después el cura, que, de vuelta en la iglesia, ha hecho que las campanas toquen a muerto. Nina ha abierto la ventana y las hemos escuchado desde aquí, desde casa. Ya se había levantado la niebla y un sol tímido intentaba suavizar la temperatura gélida de este día de enero. El sonido de las campanas asustaba y ha alertado a todo el pueblo. Nina se ha quedado así, mirando afuera, un buen rato, y hemos tenido que pedirle que cerrase, que nos estábamos congelando. Entonces ha empezado a llegar gente, vecinos de toda la vida, lejanos y próximos, que querían ver al muerto como fuera, porque se les notaba que era el principal motivo de su visita. Y me he retirado a un rincón y he dejado que se encargaran mis hermanas. Mis hermanas son atentas. A Annabel la ven poco y les gusta saludarla y Nina se lleva bien con todos.

Yo no me llevaba bien con nadie. Después del episodio de mi madre en la escuela, nadie había vuelto a comentarlo. Por lo visto las amenazas de la maestra habían surtido efecto. Pero yo continuaba con mi vida, una vida aparte de los demás. En el patio, cuando jugaban al fútbol, me quedaba en un rincón y, si hacía buen tiempo, buscaba hormigas para verlas trabajar. Me arrodillaba y observaba su ir y venir del hormiguero al objetivo, quizá unas migas de pan o algún insecto muerto que se llevaban al nido. Me tenían admirado. En invierno no había hormigas y, entonces, me entretenía rompiendo el hielo de un rincón donde había un grifo que siempre goteaba. Y observaba el hielo por arriba y por abajo, por todos los lados, hasta que se me deshacía entre los dedos.

La naturaleza me fascinaba. A veces venía Gerard y, riendo, me rompía el trozo de hielo que estaba observando o pisoteaba las hormigas. Y yo me preguntaba por qué aquel niño dejaba su apasionante partido de fútbol, donde todos parecían pasarlo tan bien, para venir a mi rincón a aguarme la fiesta. No entendía por qué para aquel niño tan malo frustrarme las distracciones podía resultar más interesante que un juego emocionante. No lo entendía. Cuando pasaba, yo no hacía nada, no me gustaba pelearme, solo notaba los ojos llorosos y, si se trataba de las hormigas, intentaba salvar cuantas podía después de que les hubiera pasado por encima el gigante asesino. Mientras, les hablaba, pobrecitas, hay que ver cómo os han dejado, lo siento, contra ese niño no puedo, cuando venga tendréis que esconderos o dispersaros, que ya veo que es lo que hacéis en caso de peligro. Las hormigas no contestaban. En lugar de eso, trataban de reorganizarse. Las hormigas no perdían nunca el tiempo.

En casa yo sí que perdía el tiempo. No me gustaban las letras, solo las ciencias y, sobre todo, la física. Me gustaban los problemas complicados y, a poder ser, de motores. Los deberes de física los acababa enseguida y siempre sacaba buenas notas porque hacía unos exámenes brillantes. En cambio, en todo lo demás era un desastre y me escaqueaba como podía. Bueno, en ciencias naturales también sacaba buenas notas. Pero no puedo decir lo mismo del resto. Miraba los libros y me preguntaba, para qué servirá esto si yo no quiero estudiar. Un día lo planteé en casa y mi padre se calló, porque él apenas sabía leer y escribir y de nuestra educación se encargaba mi madre. Miró a mi madre, y mi madre fue quien me dijo que tenía que acabar la educación elemental, hasta los catorce años, siempre, claro está, que no repitiera curso, porque entonces podría alargarse hasta los quince. Después podría buscar trabajo si no me gustaba estudiar, pero yo de ti estudiaría alguna profesión, me aconsejó.

—¿Qué pensáis de lo que ha dicho papá? Eso de que mató a un hombre… Nina, ¿tú sabes algo?

La pregunta la ha hecho Annabel. Yo ya le he preguntado antes a Nina y me ha dicho que no. Ahora se repite:

—No, no, estaba aquí y me enteré de lo que pasaba por la radio… Estaban papá y mamá… y en cuanto salió el rey por la tele para tranquilizar a la gente, nos fuimos a dormir.

—¿Ellos también?

—Ah, pues diría que sí… Oí que se acostaban. Aunque… Está claro que no puedo asegurar que se metieran en la cama. No pensé más… La casa estaba a oscuras, eso sí.

Traga un trozo de pan con tomate y añade, convencida:

—Tengo la impresión de que papá, que en paz descanse, se lo ha imaginado. Los enfermos terminales a veces dicen cosas inexistentes. Aquel día debió de marcarlo y ahora, a punto de morir, le ha dado por ahí.

Nina reprime un hipo. Me doy cuenta de que Annabel también está a punto de llorar e intento tranquilizarlas.

—Va, venga, comed, que no os siente mal la cena…

Nos concentramos cada uno en su respectiva tortilla con pan con tomate y retomo el hilo de mis pensamientos, vuelvo a aquel día en que tenía catorce años y me dejaron elegir lo que quería hacer. De pequeño, cuando mi madre me preguntaba qué me gustaría ser, no sabía qué contestar. A mí solo me obsesionaban las hormigas del patio y el tener que escaparme continuamente de Gerard.

Llaman a la puerta. Nos miramos y Nina se levanta. Mientras va a abrir, Annabel pregunta:

—¿Quién será?

Le respondo que no lo sé con un gesto. Escuchamos y, cuando oímos las exclamaciones de Nina, los dos decimos a una:

—El chico.

El chico al principio fui yo. Siempre me llamaban el chico porque en casa no había más niños. Hasta que apareció el protegido de mi hermana, Joanet, para trabajar con mi padre y se convirtió en el chico, y también en el favorito de la familia, al menos de mi madre y de Nina, porque venía de las monjas, aquellas monjas que prácticamente parecían de casa. Porque cuando Nina quiso meterse a monja, descubrió que en el convento tenían un bebé de pocos meses que habían abandonado en una cesta frente a la puerta, como se hacía antes y como relatan todos los cuentos para leer junto a la chimenea. Por lo visto las monjas estaban emocionadísimas con el bebé y no lo dieron en adopción, sino que lo criaron ellas. Y Nina, en el año que pasó allí, se ocupó de él como si fuera su hermanito y después iba a visitarlo a menudo y le llevaba regalos, hasta que el niño creció y entonces mi padre sugirió que podría ayudarle en la granja.

A mí todavía me extraña que no lo dieran en adopción. No sé cómo funcionaban antes estas cosas, pero diría que hoy no se permitiría algo así. En fin, sea como sea, Joanet se ha criado entre las monjas y se pasa el día mentando a los santos.

El trabajo que hace el chico debería hacerlo yo. Cuando tenía catorce años me preguntaron qué quería hacer. Si quería estudiar o si quería ocuparme de las vacas. Y yo dije, quiero ser mecánico. Mi padre se quitó la gorra y se rascó la cabeza. Ah, dijo. Nada más. Nadie me dijo que me dedicara a otra cosa, nadie me aconsejó que me marchara ni que me quedara ni que me ocupara de la granja. Nadie me dijo lo que tenía que hacer. Eso sí, me enviaron a Vic a estudiar para mecánico. Tres años. Luego encontré trabajo en Ripoll y me quedé allí un montón de tiempo.

Ir a estudiar a Vic supuso, por un lado, vivir una época más tranquila. Por otro lado, no. Por el lado de los compañeros de colegio y, sobre todo, de Gerard, marcharse fue un descanso. Pero había una chica en el pueblo que me gustaba mucho, aunque un barullo de ideas me confundía el cerebro y el corazón. Mi sexualidad me pedía que hiciera uso de ella, pero en casa se hablaba de religiosidad por encima de todo y desde luego en la familia nadie decía nada de lo que teníamos que hacer con nuestros cuerpos, aunque también es verdad que, cuando íbamos a misa, el cura nos miraba a los más jóvenes y nos decía, cuidado, que la carne llama a la carne y eso es obra del demonio. No era el que tenemos ahora, el que ha venido hoy, era otro párroco el que decía eso, el cura de antes, que dicen que después de todo lo que hizo murió entre visiones. Algunos comentaban que bebía demasiado, no sé qué creer, pero sí sé que cuando daba misa sus palabras me afectaban profundamente porque la cosa aquella que Gerard había amenazado con cortarme estaba reclamándome que hiciera algo. Tenía que usarla. Ah, qué duro es el demonio cuando se disfraza de naturaleza y te empuja imperiosamente. Recuerdo que en aquella época mi instinto sexual era muy incipiente, llevaba dentro una cascada gigante que se afanaba por provocar una gran explosión y salir. Y algo parecido a la conciencia me impedía lanzarme y olvidarme de las normas y de los sermones del cura. Recuerdo también mi ingenuidad cuando me temblaba el cuerpo entero tratando de contenerme, pero, ay, Dios, no lo conseguía, no había manera. Y al final, presa de mis instintos desbocados, iba directamente, excitadísimo, a buscar a la que colmaría el pozo sin fondo de mis deseos más primarios.

Pero resulta que la chica que me gustaba no quería ni oír hablar de eso, porque también iba a misa y porque también le afectaban los sermones del cura. Con todo, ella se quedaba tan tranquila no haciendo nada. En su juego de ángeles y demonios ganaba la conciencia. En el mío, no. A mí, cuando me quedaba solo, me asediaban los demonios. Los ángeles, se diría que habían desaparecido. Me sentía como decía mi padre que se sentían las vacas cuando no las ordeñabas y se llenaban de leche, o sea, fatal, a punto de estallar. Mi padre decía que se inquietaban, que incluso se volvían violentas. Pues yo me sentía igual. Y, al final, un día dije basta. Me miré al espejo y me cogí la cosa que no me había cortado Gerard y comencé a frotarla hasta que estalló. Y entonces sonreí, y así empezó una época maravillosa.

—Hola, chico...

—Hola, ¿cómo estáis? Lo siento mucho...

—Si quieres verle, llegas tarde. Ya se lo han llevado...

—No, no... Quería veros a vosotros. A él, que en paz descanse, prefiero recordarlo entre las vacas... No sé, me gusta más así.

Annabel sonríe.

—Bien hecho, chico... ¿Quieres cenar? Estamos comiendo pan con tomate... Hay para todos.

—Pues no sé... es que...

El chico se corta. Nina interviene:

—Siéntate y come algo, hombre... Eres de la familia.

El chico se ruboriza y se sienta. Es de la familia, sí. Si hasta yo le he cogido aprecio. Pero al principio no entendía por qué mi madre y mi hermana a mí ni me miraban, por qué no me decían nada y me dejaban hacer a placer. A mí me habría gustado preguntar, resolver dudas y, cuando miraba a mi padre, me daba cuenta de que precisamente con él no resolvería nada. Mi padre no hablaba de nada con nadie. Era imposible acercarse a preguntarle nada más allá de las cuestiones prácticas del día a día. Pero, para mi sorpresa, cuando apareció Joanet todo cambió. Es decir, no es que mi padre se arrancara a hablar, sino que los dos parecían iguales, se entendían con la mirada, no necesitaban las palabras para comunicarse. Y entonces le cogí manía al chico. Se me atravesó; se portaba tan bien, hacía todo lo que quería mi padre y congeniaban tan bien los dos, que se me revolvía el estómago. Y eso que ya hacía años que había vuelto de Ripoll y que había pasado todo. Todo aquello tan horrible. Dios mío, por qué no consigo quitármelo de la cabeza.

—Tendrás que buscar a alguien que te ayude, chico —le dice Nina.

Él niega con la cabeza mientras se traga el trozo de fuet que tiene en la boca.

—No, no. Me han dicho que tengo que apañármelas solo. No quieren contratar a nadie más... Que Dios me asista.

—¿Tú solo? ¿Podrás?

El chico se encoge de hombros. Tal vez pueda. Es joven y últimamente ya se las apañaba solo.

Entonces Nina dice:

—Un día de estos iremos a ver a las hermanas, ¿eh? ¿Qué te parece?

El chico asiente con la cabeza. Cada vez habla menos. Ir

a ver a las hermanas de Vic debe de ser como ir a visitar a un montón de madres, las que tiene el chico. Cada vez que lo miro, pienso en quién lo habrá abandonado. Cómo se abandona a un bebé en una cesta frente a la puerta de un convento de monjas. Cómo se tiene el coraje de hacer algo así. Cuando lo pienso, se me llenan los ojos de lágrimas.

También se me llenaban los ojos de lágrimas cuando mis compañeros de escuela empezaron a llamarme nenaza porque no jugaba al fútbol. Ya no se metían con mi madre, sino conmigo. Y yo no era una nenaza, pero era diferente. Para empezar, lo de tener los pies planos me mataba. Podría decir que intenté jugar, pero no sería verdad, porque no lo intenté. No me apetecía porque resultaba muy incómodo correr. Nunca he sabido correr y, en aquella época, si tenía que hacerlo, me cansaba más que los demás. Así que me quedaba en un rincón con las hormigas y los experimentos con el hielo, o si no, si estaba, charlaba con el jardinero que venía una vez a la semana a ocuparse del pequeño parterre con plantas que crecía en una esquina. Le preguntaba un montón de cosas, una detrás de otra, y a veces me ayudaba a resolver dudas de la asignatura de ciencias naturales. El hombre vivía cerca de mi casa y atendía los jardines que la gente empezaba a tener porque se habían puesto de moda. Eso hasta que venía Gerard y me llamaba nenaza o pisoteaba las hormigas o rompía el trozo de hielo o, si había escarcha, agitaba las ramas de los arbustos para que perdieran su forro de cristal blanco que yo contemplaba maravillado. Y después desaparecía por donde había venido. Todos los días, de un modo u otro, Gerard se presentaba para destruir algo que yo estaba observando. En cambio, los otros compañeros, poco a poco dejaron de llamarme nenaza y empezaron a portarse conmigo como se portaban entre ellos, aunque no jugase al fútbol. Nos hacíamos mayores.

El chico parece que no crece. Tendrá unos treinta años. Nina contaba que de pequeño lloraba mucho. Cuando ella llegó al convento, las monjas estaban desesperadas porque no sabían cómo tranquilizarlo y Nina las enseñó. Y cómo es que tú sí que sabías, le preguntábamos nosotros. Nina se encogía de hombros, es algo innato, no sé, me salió, me gustan los niños. Según contaba, a las monjas les sorprendía mucho cómo conseguía tranquilizar al crío. La verdad es que mi hermana es de esas personas que tranquilizan solo con mirarlas. Es como otra madre, ahora que nos falta la nuestra, pese a ser la pequeña de los tres, pero siempre nos ha parecido la más sensata. Annabel es demasiado impulsiva y yo... yo soy el eterno problema, aunque nadie lo sepa.

Con mi delirio por la física, me metí de cabeza en los motores de coches. Me gustaba con locura investigar qué contenían. En casa teníamos un coche, un dos caballos muy cascado. Y un día, cuando tenía trece años, le pedí permiso a mi padre para toquetearlo un poco. Mi padre, siempre tan pacífico, se escandalizó, sí, hombre, qué quieres hacer. El dos caballos era el dos caballos y servía para ir y venir de la granja. Nada, papá, lo tranquilicé, solo quiero ver cómo es el motor y, si toco algo, volveré a ponerlo como estaba. No tocarás nada, replicó alzando la voz. Y todo el mundo se giró. Estábamos en casa y a mi padre no se le oía jamás, solo refunfuñaba de vez en cuando, pero por su coche se hizo notar. Aquel día me acompañó a ver el motor, levantó el capó y al instante me recorrió un escalofrío de emoción y se me escapó una exclamación. Puedo tocarlo, pregunté. Mi padre me miró como si me faltara un tornillo. Tocarlo sí, pero nada más, me concedió finalmente. Y toqué el motor, le puse las manos encima, acaricié los tubos y lo que supuse sería la correa del ventilador y el ventilador y el depósito del agua y el del aceite y todo lo demás. Después, suspiré, emocionado. Cuando mi padre volvió a bajar el capó, yo tenía una idea muy clara: haría lo que fuera por hurgar en un motor como aquel. Y, cuando unos meses más tarde llegó la pregunta de a qué quería dedicarme, ya lo tenía clarísimo.

Hemos acabado de cenar. Con el estómago lleno, parece que se nos ha venido el mundo encima. Nina le ofrece al chico quedarse a dormir. No sé por qué se lo ofrece, si acepta no sé dónde lo meterá. Como no sea en la habitación del muerto... Afortunadamente, el chico dice que no:

—Me voy a casa, gracias. Dios quiera que paséis buena noche.

Nos levantamos y recogemos la mesa y la cocina. Nina le dice al chico que lo acompaña a casa, que así se despejará.

—Le tiene pasión —digo en cuanto salen, todavía con una pizca de celos que reconozco.

—Hombre, Nina no ha tenido hijos. Y cuidó de él un año... Es normal.

—¿Sabes si todavía quiere ser monja?

Annabel se ríe por lo bajo.

—Me parece que no...

Dos de las chicas que habían estudiado conmigo los últimos cursos, cuando la escuela era mixta, después se metieron a monjas. Y eso que ya no estaba Franco y era una época más bien de desenfreno. Pero a ellas les daba igual. La chica que me gustaba no se hizo monja. Quedábamos los fines de semana. Le pedí que saliera conmigo según el ritual del momento y aceptó. Entonces tuve que armarme de valor para darle un beso. La chica en cuestión era una chica seria y yo sabía que las chicas serias no pasaban de ahí hasta después de varios días, sobre todo por el tema de la conciencia y el cura. Pero el beso que sí podía darle, me costó. Vamos que si me costó. No sabía cómo montármelo. Y mira que iba caliente, pero cuando me acercaba a ella, me desinflaba de golpe. Al final, cerré los ojos y me lancé. Ella me correspondió y me pareció muy extraño. Al acabar, nos sonreímos con timidez y los dos nos ruborizamos. Para salir de aquella situación incómoda dije, vamos, y la cogí de la mano. Ella se dejó. La chica se llamaba Adela.

Annabel me pregunta si me quedaré aquí solo.

—Sí… ¿Qué quieres que haga?

—¿Y darás abasto tú solo con la casa y el trabajo?

—¡Pues claro!

Las mujeres tienen la manía de pensar que los hombres no podemos ocuparnos solos de una casa.

—Me gusta limpiar —afirmo con contundencia.

Mi hermana me mira sorprendida.

—Vaya, Albert, jamás lo habría dicho…

Entonces bromea:

—Pasa por casa, si quieres…

Nos reímos. Después admito:

—Bueno, es posible que contrate a alguien para que venga un par de horas a la semana a adecentarlo todo un poco porque suelo llegar cansado de trabajar…

Yo soy yo y soy especial. Me gustaría decírselo a Annabel y me gustaría decírselo a Nina y decírselo a todo el mundo. Tal vez lo haga algún día. Tal vez me decida, como me decidí con el beso de Adela. La chica empezó a venir por casa y aquí la trataban como si fuera de la familia, y eso que éramos los dos muy jóvenes. Pero se llevaba bien con todos, era agradable y risueña. Luego, a escondidas, en el garaje de casa, nos abrazábamos y nos besuqueábamos. Y, por la calle, íbamos cogidos de la mano. El primer día que nos vio Gerard me fijé en que se quedó de piedra. Debió de pensar, míralo, el que no sabía ni jugar al fútbol y ahora resulta que es el primero en echarse novia. Después, cuando volvíamos a encontrarnos, noté que esbozaba la misma sonrisa burlona que cuando me llamaba nenaza porque tenía los pies planos. Y después, oh, sorpresa, empecé a verlo agarrado a una chica, Montse, que tenía fama de dejarse tocar todo, que iba pintarrajeada y siempre mascaba chicle con la boca abierta. Me cruzaba con la pareja en todas partes, fuera con Adela o solo. Y siempre estaban besuqueándose.

Un día se acabó con Adela. Los besos dejaron de tener sentido. No era que ella no pidiese más, es que yo tampoco lo deseaba. Por entonces me asustaba que todo terminara en la cama pese a lo mucho que lo había deseado al principio, pero es que las cosas habían cambiado y a mí lo único que me interesaba era hacerlo solo enfrente del espejo, que es lo que más me gustaba del mundo, por mucho que dijera el cura. Mientras lo hacía, me miraba y me decía a mí mismo que era el chico más atractivo de la comarca. Después, cuando ya había explotado, no era nadie, volvía a ser el Albert insignificante y silencioso, el Albert al que prácticamente nadie le dirigía la palabra. El estudiante de mecánica, hijo de granjero y perfumista. Así que le dije a Adela, lo siento, lo siento, basta. Y Adela se echó a llorar. Es que yo te quiero, decía entre hipos. Y yo, con un dolor que me constreñía el corazón, le decía que yo también la quería pero de otra manera. Y que siempre seríamos amigos.

Ahora somos amigos. Pero hubo un tiempo en que no quiso verme. La herí en lo más hondo sin querer, y en casa nunca lo entendieron. Cómo has podido dejar escapar a una chica tan maja, me dijo mi madre al enterarse. E incluso mi padre rezongó, y eso que en su casa tienen dinero. No pude evitar replicar, no la quería por el dinero, la quería y todavía la quiero. Mi madre me miró fijamente, y entonces, Albert, por qué la has dejado. Bajé la mirada buscando una respuesta desesperadamente y se me ocurrió decir que éramos muy jóvenes. Triste respuesta, sí, y me pareció que mi madre intuía algo pero no dijo nada más y se marchó con sus perfumes.

Mi madre siempre olía a perfume, como la tienda. A mí me gustaba aquella mezcolanza de olores. A Nina también, pero Annabel, en cambio, una vez me dijo que la mareaban. Mi padre no entró nunca. Aunque en ocasiones, cuando mi madre volvía a casa, se quejaba, cómo hueles, mujer. Lo decía así y se frenaba mientras mi madre sonreía y le daba un beso, porque todos sabíamos que de haberse atrevido le habría soltado, qué peste. Pero mi padre no se atrevía a tanto porque él solía apestar a granja, a vacas, a estiércol, y mi madre siempre le obligaba a pasar por la ducha nada más llegar a casa ya que, si no, no le permitía sentarse a la mesa. Mi madre se imponía, aunque él no quisiera reconocerlo. Pero se notaba que se sentía en inferioridad de condiciones. Al fin y al cabo, mi madre entendía de *eau de parfum* y *eau de toilette* y mi padre solo de vacas y estiércol.

Mi madre no sabía francés, pero sabía vender. Una de sus monjas era francesa y, en una de las visitas al convento, mi madre le pidió que le enseñara a decir *eau de parfum*, *eau de toilette*, *Christian Dior*, *Chanel*, *Yves Saint Laurent* y no sé cuántas cosas más con un poco de gracia, la suficiente para sorprender a las clientas del pueblo. Y la hermana del convento hizo lo que le pidió, es decir, enseñarle a pronunciar aquellas frases con una especie de acento francés al estilo de Vic sin plantearse si resultaba demasiado frívolo para una ex aspirante a religiosa o, al menos, sin decirlo en voz alta. Y mi madre en casa repetía *eau de parfum*, *eau de toilette*, *Christian Dior*... Y al final, lo aprendimos todos. A mí me divertía escuchar a mi madre dirigirse a aquellas señoras de la comarca tan bien vestidas que entraban en la tienda con la intención de que las orientase sobre qué debían ponerse o cuál era el último grito en perfumes llegados de París. Oh, y tan bien de precio, decían, y ella suspiraba, ya sabéis que me quedo con poco margen, pero vale la pena. La clienta exclamaba, es que es el mismo perfume, pero en Vic o en Barcelona sale mucho más caro, no sé cómo te las apañas, Isabel. E Isabel contestaba, bueno, he sido religiosa, ya lo sabes, y considero que no hay que abusar de estas cosas. Yo sonreía inconscientemente en un rincón si por casualidad estaba por allí y la clienta, adornada con collares y pulseras, acababa comprando unos cuantos frascos de aquellos líquidos carísimos. Mi madre cobraba y los envolvía en un papel precioso. Ella también iba bien vestida, aprendió a caminar con tacón de aguja y, cuando estaba en la tienda, se disfrazaba. Durante un tiempo, Nina la ayudó. Después, una chica que trabajaba unas horas por la tarde, a quien también le advirtió desde el primer día que la quería impecable de pies a cabeza, con las uñas bien pintadas y la cara maquillada. Y muy bien vestida.

Yo dejé el mundo del *eau de parfum* de mi madre y de las vacas de mi padre y del pueblo en general cuando acabé de estudiar, porque me ofrecieron trabajo en un taller de Ripoll. Como acababa de cortar con Adela, acepté enseguida. Era una oportunidad única para alejarme de un asunto que ni yo mismo sabía hacia dónde me habría conducido. No avisé ni a los compañeros de estudios ni a nadie. No tenía amigos, así que tampoco tenía que despedirme. Solo lo sabían en casa. Vendré algunos fines de semana, dije. Y lo decía porque los sábados por la mañana el taller abría, lo que para mí representaba una excusa excelente para quedarme allí arriba y no tener que volver. Quería olvidarme de todo, quería cambiar de tema, quería encontrar al auténtico Albert. Porque presentía que el auténtico Albert no era el que se había mostrado hasta entonces. Para mí el Albert adolescente, que ya entraba en la etapa de juventud, era un desconocido. Y necesitaba irme de casa para descubrirlo.

En Ripoll hice lo que tendré que hacer aquí a partir de ahora: vivir solo. Pero aquí la casa es grande y allí era un piso pequeño. Tuve que aprender a cocinar y limpiar, yo, que no lo había hecho nunca, porque no era una chica y, en casa, Annabel, mi madre y Nina se ocupaban de esas cosas. No sabía ni hacerme la cama, siempre me la había hecho Nina, le obligaba mi madre, y mi hermanita, cuando aún éramos unos críos y me veía gandulear entre las sábanas me decía, venga, largo, que tengo que hacer la cama antes de irme. Y yo me levantaba de mala gana. Pues allí, en Ripoll, tuve que espabilarme solo y me pregunté por qué no me habían enseñado todo aquello y por qué solo tenían que saber hacerlo las chicas. Conseguí un libro de recetas y me puse a cocinar. Al principio me equivocaba a menudo y no sabía medir la pizca de sal ni entendía qué significaba que las claras estuvieran a punto de nieve, pero luego, poco a poco, fui avanzando. A veces oía a mujeres que hablaban de recetas de cocina por la calle o en el café donde almorzaba a mediodía y me daban ganas de acercarme a preguntarles cómo hacían exactamente aquel plato. Me parecía, todavía me parece, que meterse en la cocina es un poco como meter la cabeza en un motor. Claro que no hay nada como meter la cabeza en un motor. Nadie ha estado nunca tan enamorado como yo de su trabajo.

En Ripoll también me aficioné a ir al cine. Y también veía mucho la televisión. Y cocinaba. Lo que fuera con tal de no pensar. Me acordaba de vez en cuando de la pobre Adela y yo mismo me decía que me había portado muy mal con ella. Pero no era eso, no, lo que me ocupaba el cuerpo y la mente. No.

Los compañeros de trabajo, en el taller, tenían todos novia y yo no. Bueno, el dueño estaba casado y con hijos, pero era mucho mayor que nosotros. Y lo que me preocupaba era lo de no tener novia porque no era solo que no tuviera novia, sino que no me apetecía tenerla. Solo de pensar en acostarme y luego casarme con una mujer se me ponían los pelos de punta. Me sentía bien masturbándome frente al espejo y punto. Pero no obstante me faltaba algo, algo que comenzó a manifestarse poco a poco, que se hizo realidad y creció dentro de mí como un incómodo globo lleno de agua, que al principio es muy pequeño pero que después va creciendo y creciendo y un día revienta y empieza a derramar su contenido. Cuando descubrí su presencia, ya goteaba. Intenté quitármelo de la cabeza. No es eso, no puede ser, me decía. No. Pero sí. Y un día, el Albert de un lado del espejo tuvo que admitir la verdad, clara y sin subterfugios, al Albert del otro lado: a ti te gustan los hombres, Albert.

El día que me caí de la higuera, el día que me di cuenta,

me horroricé. Intenté escurrir el bulto, pero en ningún sitio encontré una puerta abierta. Estaba paralizado básicamente por las consecuencias que podía comportar lo que estaba considerado un mal social, una deformidad, una enfermedad. Madre mía, madre mía, madre mía, me dije unas cuantas veces. Me desplomé en el sofá que tenía delante del televisor, pero esta vez no encendí la tele. Había intentado masturbarme, pero cuando me había confesado ante mí mismo, se me había encogido todo de repente. Virgen Santa, exclamé, apelando a la única que parecía poder interceder ante Dios por lo que a mí en aquel momento me parecía un pecado de los peores que podían cometerse: sentir deseo por alguien del mismo sexo. Entonces, la misma verdad destapó el baúl de los pensamientos más profundos que había procurado mantener camuflados, escondidos de mí mismo, que había intentado alejar de mi imaginación. Y me vinieron de pronto a la memoria aquellos temblores que me dominaban cuando se me aproximaba algún compañero de trabajo y me tocaba un hombro o me decía según qué. Y cuánto envidiaba a sus novias, con una envidia que, más que envidia, eran celos, porque podían tocarlos y podían besarlos. Las envidiaba a ellas, no a ellos. En ocasiones los imaginaba acariciándose y quería ser una de ellas para poder acercarme y hacerles lo que después me gustaría que me hicieran a mí. Y también entendí por qué había dejado a Adela. Entonces lo entendí, cuando durante un par de años no lo había entendido ni yo. O quizá sí que lo había entendido y me negaba a reconocerlo. No lo sé, la memoria tiene esas cosas, retiene lo que le conviene y aleja todo lo que la incomoda o le duele. Entonces lo entendí todo. Y la verdad era terrible.

Voy a por una cerveza y le ofrezco otra a Annabel. Dice

que no con la cabeza. El gusto ligeramente amargo de la bebida me evoca inmediatamente un montón de noches en Ripoll pensando, y ahora qué hago. No era que me hubiera vuelto un bebedor empedernido de cerveza, pero después de cenar siempre me tomaba una o dos. Y, si hacía buen tiempo, abría la ventana y miraba a la calle, veía pasar la gente. Aquellos días, después de la autodeclaración de homosexualidad, me preguntaba cómo me las apañaría en adelante, qué pasos debía dar y si se lo podía contar a alguien. Primero fui a la iglesia del monasterio a rezar. Muchos días. Creía que tal vez, si pedía ayuda a Dios, me atendería y me quitaría de la cabeza aquellos deseos pecaminosos y fuera de lugar. La verdad tenía que ser sencillamente que vivía en un cuerpo con algún detalle erróneo, mal puesto, mal estructurado. Pero ese detalle seguro que podía arreglarse de algún modo, tenía muy claro que debían gustarme las mujeres y no los hombres, no tenía sentido, debía de estar equivocado. Confuso. Aturdido. Trastornado. Cansado de profundizar en tantas ideas contrarias que me pasaban a toda velocidad por la cabeza y no sabía detener.

Así que iba al monasterio y me situaba cerca de la luz que entraba por las ventanas y que me imaginaba una señal divina. El silencio pegado a las piedras de aquel templo de tantos años me envolvía el alma inquieta y me tranquilizaba un rato. Pero nada más. Llegué a rezar durante mucho tiempo, a encender muchas velas, a asistir a misa a diario y no hubo nada que hacer.

También me preguntaba si había más gente como yo. Seguro, seguro que sí, pero tendría que aprender a distinguirlos. A algunos los había visto alguna vez, a esos sí, porque caminando y expresándose parecían mujeres y todo el mundo se reía de ellos. Pero esos no me decían nada, y tampoco me sentía como ellos. Yo era distinto, no tenía la impresión de que caminase y actuase como una mujer. Sin embargo, ahora que sabía la verdad me daba cuenta de que el deseo me quemaba intensamente y que lo tenía difícil, por no decir imposible, para que alguna vez llegara a gustarme una mujer. Por tanto, si quería conseguir satisfacer mi deseo algún día, tendría que aprender a abordar a quien fuera conveniente. Y quizá tendría que acabar con alguno de esos hombres afeminados que me daban repelús. Sin que nadie se enterara, claro está. Reina Santísima, qué complicado es todo, me decía. Sin yo quererlo me había metido en un laberinto del que no sabía salir. Y qué culpa tengo yo, si puede saberse, me lamentaba en voz alta.

Un día, antes de cerrar el taller a mediodía, apareció un hombre con una avería que requería un rato de trabajo. Era francés, lo reconocí por el acento que impostaba mi madre cuando hablaba de perfumes y colonias. Estaba solo porque todos se habían marchado ya y le dije que le devolvería el coche al día siguiente. Él me contestó en castellano, uy, no, hoy tengo que pasar la frontera. Me miró con cara de súplica y me rogó, por favor, juntando las manos. Me quedé pasmado. Aquel gesto había conseguido de pronto que el hombre me pareciera tan atractivo que le habría dado lo que me pidiera. Bueno, dije en cuanto recuperé el habla, me ocuparé a las tres, tardaré una hora más o menos, ahora voy a almorzar. Perfecto, respondió el hombre, sonriendo. Y en aquella sonrisa, Reina Santa, cabía el mundo entero, y el sol y todas las estrellas del firmamento. A continuación vi cómo aquellos labios exquisitos decían, yo también tengo que comer y no sé dónde. Cerca del taller solo había un café que ofrecía menús de mediodía para los trabajadores, te acompaño, le dije, yo también voy. Caminamos juntos sin saber qué decirnos. Yo estaba alterado, no sé por qué, no iba enamorándome de todos los hombres que entraban en el taller, pero aquel me había dejado embobado. Lo miré de reojo, era alto, con buena planta, llevaba el cuello de la chaqueta levantado y olía muy bien. Llegamos al café y le dije que, si le apetecía sentarse conmigo, estaba solo. Alegremente, sin cortarse lo más mínimo, aceptó y se sentó conmigo. Vino la camarera y nos preguntó qué queríamos comer. Y para beber pedí agua con gas y él una *orangina*, que según explicó era una naranjada francesa. La camarera pareció entenderlo a la primera porque quizá ya estuviera acostumbrada. El caso es que le sirvió una Fanta y él quedó contento. Me pareció extraño que almorzara con un refresco tan dulce, pero no lo comenté porque supuse que sería cosa de los franceses.

Alterado como estaba, no sabía cómo darle conversación y empecé de la manera más vulgar posible, qué, de camino a casa, pregunté. Sí, dijo después de tragar lo que tenía en la boca. Se ve que tienes prisa, dije, aludiendo a su urgencia por tener el coche arreglado. Qué lástima, me habría gustado añadir. Él hizo un gesto extraño, sí, sí, esta vez sí, tengo que huir de este país repleto de mujeres que me quieren mal. Nos habían plantado delante un plato de merluza para él y uno de ternera para mí. A mí se me quitó el hambre de repente y lo que me había subido hasta la garganta al conocerle volvió a caer hasta los pies. Hablaba de mujeres, y yo que pensaba que era de los míos. Entonces qué me había empujado a pensarlo, no lo sabía, debía de haberme fallado la intuición. Intenté sobreponerme a pesar de la enorme decepción. Decidí cambiar de tema, ¿has venido de turista? Él se rió, no, no, vengo una vez al mes por temas de calzado. Trabajo para una cadena de zapaterías y vengo a comprar modelos. Bueno, dije, tosiendo un poco, pues lo tienes difícil para escapar, porque las mujeres que te quieren mal volverán a acosarte el mes que viene. Entonces dibujó una mueca extraña y dijo una cosa todavía más extraña, no, no, ya no volveré, que esta quería presentarme a su familia. Me quedé de piedra, a saber quién era aquella mujer, pero no pude evitar replicar, no me parece razón para… Me interrumpió, sí, sí, su familia sí, menuda catástrofe. Pero se calló un momento y empezó a decir poco a poco, como si hablara para sí, aunque, bien mirado, quizá un día podría ir a visitarlos. No entendí nada. Levantó la cabeza, me sonrió y añadió, soy libre como un pájaro, nunca digo dónde vivo ni adónde voy, y esta vez se estaba alargando demasiado. Ah, me limité a decir. Entonces me preguntó, y tú, tienes novia. Palidecí, una pregunta a traición. Pero él sabía muy bien por qué me la hacía. Antes de que murmurase un no titubeante, me espetó, ni la tienes ni la tendrás. Miró los platos de los dos, casi vacíos, te gusta la carne. Y continuó hablando muy despacio, yo he pedido pescado, pero también me gusta la carne, ¿sabes?, como de todo. Me miró con unos ojos que parecían flechas y que casi me derriban de la silla. Volvió a subirme todo. Me dijo, hueles muy bien, me gusta la colonia que usas. Y no supe qué responder porque la colonia que usaba era de Nina y Annabel, mi madre siempre la llevaba a casa y yo la cogía en secreto porque me gustaba. Insistió, atravesándome con la mirada, bien pensado, no tengo tanta prisa. Podría volver a casa mañana. Por cierto, me llamo François.

Annabel dice que va a acostarse.

—¿Dónde guardas las sábanas? —me pregunta.

No había pensado en las sábanas. Vamos juntos al armario del pasillo.

—Coge las que quieras.

—Vaya, si están donde siempre. Pero mucho más ordenadas…

—No soporto el desorden —respondo.

Es verdad, no soporto el desorden. Ya no lo soportaba en Ripoll, tenía el piso impecable, todo muy limpio y ordenado. Cuando François entró aquella noche me dijo que era un piso *charmant* y me sentí muy orgulloso. Aunque solo un instante, porque estaba tan nervioso que no sabía qué actitud adoptar. François aceptó una cerveza. Cogí otra para mí y nos sentamos en el sofá. Di un trago y nos miramos. Se me acercó y dije que tenía que ir al lavabo. No le vi la cara, pero ahora estoy seguro de que debió de sonreír con condescendencia y pensaría que acababa de salir del cascarón, lo que, de hecho, era verdad.

En el cuarto de baño mantuve la discusión más violenta que he tenido en la vida, y fue conmigo mismo. También fue la más rápida, porque duró solo un minuto. Mirándome en el espejo me pregunté si podría hacerlo, si no me embrutecería el cuerpo, el alma, todo, si no dejaría de ser yo para siempre. Es verdad que me preocupaba que se supiera en el pueblo, que lo supieran mis padres, que lo supieran todos, pero no era lo principal en aquel momento, sino el riesgo de ir contra mí, de odiarme para el resto de mi vida. Y también de ofender a Dios, a aquel Dios que lo veía todo y lo controlaba todo y que nos quería mientras no nos desviáramos del buen camino. Qué pasaría si me salía de madre, qué diría la Santísima Virgen. Estaba tan angustiado que respiraba mal y me mareé. Tuve que apoyarme en la pared.

Hasta que una fuerza surgida de no sé dónde, sería una fuerza demoníaca, me empujó a salir del cuarto de baño. Y fuera, me lo encontré de cara. Ya no quería pensar más, no quería nada, los últimos tres minutos me habían agotado el alma. Se me acercó y, antes de que me besara, aún tuve tiempo de decirle precipitadamente y tragando muy rápido, mira, no sé cómo decirlo, es la primera vez y no sé si... Sonrió, *oh, mon petit, t'inquiète pas, ça va aller.* Yo no sabía suficiente francés para entender todo lo que acababa de decirme y tampoco entendí lo que me dijo en el sofá primero y luego en la cama, porque aquel chico hacía el amor en francés.

Fue una noche mágica, la única noche. Aprendí lo que era el placer servido por otro en bandeja de plata. Aprendí que un hombre puede hacer feliz a otro hombre a fuerza de caricias. Después, durante mucho tiempo, me sentí muy mal, como si hubiera cometido el peor de los pecados, y me despertaba por la noche y me imaginaba que el alma se me había quedado sepultada para siempre bajo la negra sombra de la más profunda oscuridad. Sin embargo, ahora considero aquella noche de un diciembre más frío de lo normal un momento clave en mi descubrimiento del mundo.

A la mañana siguiente François, el fugitivo de las mujeres, se despidió con un beso y desapareció. Yo sabía que no volvería a verlo.

—Buenas noches, Albert —dice Annabel, y me besa en la mejilla.

—Buenas noches, hermanita —le digo, restituyendo el orden entre las sábanas del armario.

Nina tiene la cama hecha, ya se espabilará cuando vuelva. Bostezo y me dirijo a la sala a ver un poco la televisión. Cuando comience a dormirme, me iré a la cama. Lo hago así a diario. Hoy, además, me han venido a la cabeza los mejores recuerdos, los de aquel día cerca de la Navidad de 1980. Porque también me han asaltado los peores. Y todo por la declaración de mi padre, que en paz descanse. Mi padre ya no está. Dios mío, al sentarme me percato de pronto de su ausencia. No nos decíamos nada, ni siquiera me miraba, y en los últimos tiempos estaba tan encorvado que solo miraba al suelo, a la mesa, al plato. No sé qué haría en la granja. El chico pasaba temprano a recogerlo. Seguro que todavía está para ir, le pregunté un día. Se distrae, me contestó encogiéndose de hombros y mirándome fijamente con esos ojazos que tiene y que tanto me asustan, aunque no sé por qué. Joanet siempre se santigua. Lo de haber vivido entre monjas marca lo que no está escrito. De Joanet se ríen hasta en la panadería porque, por lo visto, bendice incluso el pan.

Los días que siguieron a mi noche de estreno en el arte de amar busqué por todas partes una explicación a mi actitud y al hecho de haber experimentado tanto placer. No me entendía. También busqué por todas partes una salvación para el cuerpo y el alma. Y acabé buscándola en la Virgen María. Y algo avergonzado al principio, después más convencido y, finalmente, ansioso por hallar la respuesta a mis contradicciones, me harté a hablar con la Madre de Dios. Lo hacía en secreto, en voz baja, en la cama. Y al ver que no descargaba sobre mí una tormenta ni una granizada por haber pecado, me aventuré a consultarle todas las dudas que tenía, y hablaba sin parar en voz baja y terminaba preguntándole, qué hago, y ella me contestaba, a veces en forma de rayo mental y otras en forma de sueño. Me decía, ven a verme y lo hablamos. No se lo he contado nunca a nadie, naturalmente, se reirían de mí y saldría mal parado. Bueno, pues aquellos días, cuando no me atrevía a confesarme porque creía que me caería una bronca del cura y, sobre todo, que me obligaría a prometer que no volvería a hacerlo nunca más y yo no podría prometerlo porque pensaba repetirlo a la primera ocasión, aquellos días hablé con la Madre de Dios en su casa. Me refiero a que me sentaba en un banco de la iglesia del monasterio, donde días antes me había arrodillado para rezar y rogarle a Dios que apartara de mí el cáliz de la homosexualidad. Claro que cuando pensaba en ello, en la homosexualidad, se me ponían los pelos de punta. Por entonces no lo llamaba así, nadie hablaba de homosexualidad porque en aquella época los hombres que amaban a otros hombres eran simplemente mariquitas. Y cada vez que pensaba que podía ser mariquita, enrojecía sin poder evitarlo y no sabía cómo calmar aquel sofoco que me producía la vergüenza y, al mismo tiempo, el miedo ante el peligro de estar adentrándome en un mundo temerario, plagado de riesgos desconocidos. A menudo me decía que debía de tratarse de una equivocación, de un error, de un desliz. Pero luego escuchaba a mi cuerpo y yo mismo me respondía a media voz, no, no, no.

Sentado en el banco de la iglesia trataba con absoluta familiaridad a la Virgen María. Quería que me explicara por qué no podía hacerse, por qué los hombres no podían amar a otros hombres, por qué decía el cura que aquel era el peor pecado que podía cometer un hombre, casi peor que el pecado de matar, dijo un día, y yo, cuando le escuché decirlo en pleno sermón, me puse a temblar. Y allí, en el monasterio de Ripoll, la Virgen me miraba sonriendo a través de un rayo de sol y me decía, chico, no sé qué contestarte. No era la Virgen del mosaico del altar, no era una Virgen de piedra ni de madera, eso que quede claro, era la Virgen personificada la que se me aparecía a mí y solamente a mí en un rayo de luz, como si fuera otra Bernadette Soubirous en la cueva de Lourdes. Pero no me decía lo que le dijo a la pastorcilla, a mí solo me decía que no sabía qué contestarme, era una Madre de Dios muy indecisa, tanto que al final, al cabo de un rato, dejábamos el tema. Y me marchaba, no sin antes recomendarle a la Señora que advirtiera al cura de mi pueblo que hablara de esas cuestiones de otro modo porque no le entendía y me confundía aún más. Y porque tenía tantos porqués en la cabeza que un día me saldrían volando. Ella bajaba la cabeza, una cabeza etérea y luminosa que solo alcanzaba a ver en breves instantes mágicos, y me decía, muy bien, así lo haré. Pero no lo hacía, qué va, porque cuando luego iba a misa en el pueblo, el cura seguía siendo el mismo y decía exactamente lo de siempre.

Y entonces, uno de esos días, mientras mantenía aleccionadoras conversaciones con la autoridad femenina divina, apareció él, Gerard. Me olvidé de mis deseos, de las charlas con la Madre de Dios y de todo, porque me subió un regusto amargo a la boca. Cuando lo recuerdo me estremezco. Quisiera no recordarlo, pero no puedo evitarlo. Quizá sea el momento de quitármelo de encima de una vez por todas, aunque sea solo de la cabeza. Quizá sea hora de volver a recordar, ha pasado mucho tiempo. Quizá sí.

Había ido encontrándome con Gerard por el pueblo. Siempre que iba al pueblo, en un momento o en otro aparecía Gerard, en mitad de la calle, en misa o en la plaza. Me saludaba de lejos y se escabullía, y yo sospechaba que ocurría algo, pero no me fiaba de él, porque cada vez que se me aparecía su imagen, me acordaba de las hormigas. Yo también intentaba escapar. No quería saber nada de aquel chico grosero, de aquel pájaro. Pero vino a verme al taller, a Ripoll. Cuando lo vi, salí a saludarlo de mal humor, vestido con el mono de trabajo. Qué haces tú por aquí, Gerard, se te ha estropeado el coche, le pregunté medio en broma, tratando de localizar su vehículo por los alrededores. Él negó con un gesto de la mano, no, no, dijo, no es eso. Tragó saliva, he venido a hablar contigo. Lo miré intentando averiguar qué le pasaba porque realmente daba la impresión de que se encontraba mal o había ocurrido algo muy grave. Estoy trabajando, dije sin más. Te espero, ¿podemos hablar cuando acabes? ¿A qué hora sales? A las siete, contesté, y sí, hablaremos, pasa a buscarme. No le dije nada más y volví al taller. No pintaba bien, algo habría hecho Gerard y quizá hubiera involucrado a mi familia. Recordé que hacía tiempo que no lo veía con la novia. ¿Y si se había liado con Nina y la había dejado embarazada? No, no, me corregí, Nina no se dejaría nunca, jamás. No era monja, pero casi. ¿Y si la había violado y ahora se arrepentía? Virgen Santa, que no sea eso, rogué mentalmente. Y continué trabajando mientras un sinfín de ideas malignas y raras me martilleaban el sentido.

Y a las siete Gerard el aplastahormigas estaba esperándome fuera. Hacía frío y había oscurecido. Vamos a tomar un café, propuse de mala gana. De acuerdo, aceptó. Y, después de un trecho caminando en un silencio incomodísimo, nos sentamos en una cafetería delante del monasterio.

Gerard estaba muy nervioso, no paraba de moverse y se notaba que no sabía dónde meter las manos. Yo pedí un café y él chocolate a la taza. Cuando tuvo al camarero delante le preguntó si tenían nata y el camarero contestó que sí. Pues con nata, por favor. Caramba, Gerard pidiendo algo por favor, menuda novedad. Lo cierto es que la nube de nata encima de la taza llena de chocolate tenía una pinta estupenda. En cuanto terminaron de servirle, se disculpó, es que lo que voy a contarte es muy gordo. Callé, no sé si se refería a que lo que había pedido también era grande para que estuviera equilibrado. Lo entendí enseguida, porque Gerard hablaba mientras removía la nata, el chocolate, todo. La combinación ideal para tener las manos ocupadas. Lástima de suizo, pensé. El caso es que, después de desembuchar, lo que quedaba ya no se parecía en nada a lo que le habían servido. Y yo hacía rato que me había acabado el café.

Dime, lo animé, al ver que no me decía nada. Mira, empezó diciendo, puede que no te guste un pelo lo que voy a decirte, pero tengo que hacerlo o, si no, no dormiré tranquilo. Se calló, removió la nata, y lo apremié, a ver, de qué se trata. Seguía con un miedo terrible de que le hubiera hecho algo a Nina, no sé por qué, pero me había obsesionado con eso. Y el hombre no hablaba, no se decidía. Al final le dije, mira, si le has hecho algo a mi familia... Ah, no, dijo, no, no, jamás. Será que no son hormigas, murmuré irónicamente, no pude reprimirme. Alzó la mirada. Tenía los ojos almendrados, del color de la miel. Nunca me había fijado. Entonces abrió la boca, lo he pasado muy mal, Albert, dijo al principio. Después se mordió un momento el labio para añadir, estoy enamorado de ti desde pequeño.

Si me pinchan, no me sacan sangre. La camarera pasó por el lado y le pedí, un whisky, por favor. Después me salió la prudencia instintiva, aquello no tenía sentido. Qué dices, Gerard, si me martirizabas. Suspiró y entonces sí, al ver que no me había echado a reír ni había reaccionado con aspavientos exagerados, decidió soltarlo todo del tirón. Mira, Albert, cuando íbamos al colegio quería que me hicieras caso, pero no solo no jugabas con nosotros, sino que te entretenías con cosas muy poco habituales. Y sentía unos celos de todo lo que tocabas que no sabría explicarte. Por eso iba y aplastaba las hormigas e intentaba matar cuantas más mejor o rompía el hielo. Esbozó una sonrisa tímida, qué cruel, ¿eh? Madre de Dios, invoqué, alucinado. Él continuó, pobres hormigas, lo siento, no soy así, pero no sabía qué hacer para llamar tu atención, era un niño y los niños actúan sobre todo por instinto, y tú ni me escuchabas ni me mirabas. Huía en cuanto te veía, dije con el primer trago de whisky. El líquido me quemó el estómago, pero más me ardía la cabeza. La confesión de Gerard estaba rompiéndome todos los esquemas. Cuando empezaste a salir con Adela fue horrible porque yo, bueno, ya hacía tiempo que tenía muy claro que nunca me gustarían las mujeres y albergaba la esperanza secreta de que a ti tampoco te gustasen. Gerard calló a la espera de que le dijera algo, pero no dije nada. Quería escuchar lo que tenía que decirme, todo. Comprendía que aquel momento podía cambiarme la vida, pero quería saber más. Antes era estúpido, dijo. Sí, afirmé sin poder contenerme. Gerard se sorprendió, pero al poco continuó, me busqué una novia por despecho. No quería acostarme con ella ni nada, solo necesitaba eso, que me vieras con alguien. Y a ti te daba igual, o al menos lo parecía. Volví a asentir, sí, pues claro. Y entonces dejaste a Adela y te instalaste aquí, en Ripoll, y yo empecé a frecuentar Barcelona. Cómo, pregunté, sinceramente sorprendido. Comprendí a las claras lo que pasaba, me contestó, era un pecador de pies a cabeza o estaba gravemente enfermo. El caso es que, ya que no te tenía a ti, necesitaba a un hombre y en la ciudad era más fácil pasar desapercibido. El deseo me llamaba, Albert, y el deseo es un fuego, no podía evitar seguir el camino que me marcaba, así que iba a Barcelona a pasar el fin de semana y volvía a casa aligerado, listo para aguantar la semana en el pueblo como una persona normal. Pero llevaba el demonio dentro, no podía evitarlo, y a media semana, volvía. Había descubierto bares con cuartos oscuros donde todo es posible y donde se reúnen los que son así, como yo, y siempre los he frecuentado, me he desahogado lo que he podido. Todas las semanas iba a confesarme y todas las semanas el cura me reñía, pero yo no podía evitarlo. Y un día, me riñó tanto que no pude ni contestar de tantas lágrimas acumuladas aquí, en la garganta, porque vivir en un cuerpo que te pide lo que no está bien es insoportable. Insoportable, Albert. Aquel día pasó lo que jamás habría imaginado y es que el cura me vio tan triste que me dijo, ven, y me condujo a la sacristía. Y, una vez allí, cerró con llave y se quitó la sotana.

Se me escapó un grito, qué me dices, que hizo que todo el bar se girase. Ay, Albert, no pude hacer nada, qué iba a hacer si era el cura en persona el que se frotaba contra mí, cada vez más desnudo. No pude resistirme, Albert, y mira que me asqueaba. Todavía me asquea. No he vuelto a pisar la iglesia del pueblo.

Cuando pienso en aquellas declaraciones de Gerard todavía, pese al dolor, rabio por dentro. Después, aquel mismo cura se atrevió con varios niños y niñas de la catequesis y, cuando sus familias lo descubrieron, fueron a quejarse al obispado. Lo echaron, lo mandaron lejos y pusieron en su lugar al que todavía sigue en el cargo, que no tiene nada que ver. Pero el antiguo cura volvió, se quedó a vivir en el pueblo, y eso que todo el mundo le daba la espalda. Fue entonces cuando, del disgusto, se dio todavía más a la bebida y acabó muriendo entre unos delirios horribles. Pero en aquel momento, claro, cuando Gerard me explicó que habían mantenido relaciones, no supe si creérmelo o no. Después de tantos sermones, después de lo que decía el cura, después de hacer que me sintiera el mayor pecador del mundo, resultaba que era el más maricón de todos. Y, encima, pedófilo. Miré fijamente a los ojos a Gerard tratando de descubrir algún indicio de mentira o imaginación. La verdad era que no sabía qué pensar. Me inclinaba a creerle, sí, porque Gerard parecía sincero, pero no estaba seguro, no podía fiarme de una persona de quien había desconfiado toda la vida.

Y lo de encontrarte por todas partes cada vez que voy al pueblo, le pregunté despacio. Él rió con tristeza, qué remedio, si quería verte. No tenía otra. Lo miré con atención, Gerard ya no era el Gerard que había conocido. Estaba cabizbajo y debía de creer que lo que me contaba no me afectaba en lo más mínimo. Y sí que me afectaba, y mucho. Carraspeé para ganar tiempo y después le pregunté, oye, y cómo es que de repente has venido a contarme todo esto. Él también tosió un poco y apuró el culo de chocolate que le quedaba en la taza, hablé con Adela. Trabajamos juntos en el supermercado, ya lo sabes. Sí, lo sabía, y por eso últimamente no entraba nunca, no por Adela, claro, sino por Gerard, que continuó contándome, y Adela un día me dijo que le parecía que a ti te gustaban los hombres por como te habías comportado con ella y por tu actitud cuando se te acercaba alguno, y entonces yo vi el cielo abierto. Me miró de frente y me lo preguntó, es verdad, Albert. ¿Tengo alguna posibilidad? Estaba angustiado y me sentía atrapado. Abrí la boca y volví a cerrarla. No sabía qué decirle.

En la tele dan una película de policías corruptos con una trama que parece de las que te atrapan, pero no estoy seguro porque hoy no consigo concentrarme. Hoy se me va el santo a mi trama personal, que es otra, de las que también atrapan. Y hoy este maltrecho sofá también me parece más cómodo. Me gustaría dormir aquí. Si estuviera solo, lo haría. Pero hoy, precisamente, seremos tres en casa, y qué pensarían mis hermanas si me encontraran en el sofá por la mañana. O esta noche, cuando Nina vuelva de acompañar al chico. Dentro de un rato me iré a la cama.

Con Gerard no me fui a la cama aquel día, a pesar de que me di cuenta de que era lo que él quería. Llevaba el deseo escrito en los ojos, me miraba como si quisiera devorarme allí mismo, en cuanto se acabara el suizo. Es verdad que a mí también me hacía falta encontrar a un hombre después de tanto tiempo pensando en ello tras la marcha de François, pero en aquel momento pesó más el recuerdo de todo lo que me había hecho mi ex compañero de clase que la imposibilidad de refrenar mis instintos. Siempre he sido así. Nunca me ha gustado acostarme con el primero que se me pone por delante. Siempre he buscado algo más, al menos lo he intentado. Y en Gerard, en aquel momento, no veía ese algo más. Al final, volví a abrir la boca para soltarle, menudo morro tienes. Y él bajó la cabeza y dijo, perdóname. Pero yo no estaba para tonterías. Me levanté de la silla, cogí la chaqueta y me fui. Pagó él.

Pasé un día furioso, otro día medio indignado y orgulloso de ponerle los dientes largos al que hasta entonces había considerado mi enemigo, otro en que me arrepentí un poco de no haber aprovechado la oportunidad y muchos más días en que me arrepentí muchísimo. De pronto, el odio y el desprecio o el miedo que me despertaba Gerard se habían transformado en otra cosa, en algo agradable, le había dado la vuelta a la tortilla. Yo mismo desterraba mis dilemas no sé si consciente o inconscientemente, me ocultaba todas las contradicciones que había tenido y todavía tenía, de pronto me subía la adrenalina y se me encendía el deseo. En aquel momento me daba todo igual, tenía un objetivo, había una luz al final de mi túnel opresor de sentimientos que me llamaba tan, tan fuerte, que no podía hacer nada por resistirme a su atracción. Y, como no tenía el teléfono de Gerard, el siguiente domingo que pasé en el pueblo fui a buscarlo a su casa. Me dijeron que no estaba y supuse que habría bajado a Barcelona. Le pedí a su madre que, por favor, le dijera que había pasado. Ella asintió con un solo gesto de la cabeza y me miró con desconfianza porque era la primera vez en la vida que llamaba a su puerta preguntando por su hijo y eso, sin duda, la había desconcertado.

Volví a Ripoll y esperé. No le hice más caso a la Virgen. No me convenía escucharla y no quería pensar en ella. En aquellos momentos, la urgencia se había apoderado de mi cuerpo y mis instintos y me daba lo mismo pecar que no pecar, ser mariquita o lo que fuera. Deseaba, deseaba, deseaba. Y Gerard no llegaba. Estuve a punto de ir a por él porque no podía contenerme. El cuerpo me ardía y me pedía un contacto carnal con mi ex enemigo que necesitaba como agua de mayo.

Por fin apareció. Hizo acto de presencia un lunes al atardecer. Era el día 23 de febrero y, claro, no habría recordado la fecha si no hubiera sucedido lo que sucedió. El caso es que, cuando estábamos cerrando el taller, alguien había entrado corriendo diciendo que se había liado parda y que los tanques se paseaban por Valencia. Confieso que no le di demasiada importancia porque siempre pienso que la gente exagera y que las noticias llegan como llegan porque alguien se empecina en cargar las tintas innecesariamente. No obstante, por si acaso, decidí poner la televisión cuando llegara a casa. No llegué a encenderla porque, cuando vi a Gerard allí, esperándome a oscuras, no hubo tanque que pudiera detenernos. Solo le dije, vamos. Y fuimos juntos al piso, pero no precisamente a ver la televisión.

De aquella noche puedo relatar únicamente lo que ocurrió entre las sábanas de mi piso de Ripoll. Gerard, el temible Gerard, resultó ser, primero, el más dulce de los amantes y, después, el más tierno de los amigos. Si alguna vez había añorado a François, que diría que no, decidí dejar de hacerlo, pero es verdad que le dediqué un pensamiento fugaz al hombre que había pasado por mi vida como una exhalación antes de Navidad y me había enseñado el arte de amar en un gesto que interpretaba como de generosidad. Y si actuaba con idéntica brillantez con las mujeres, desde luego podía considerarse un maestro del amor en todos los sentidos.

Pero fue un momento, solo pensé en François un momento. Conmigo estaba Gerard y era mío, y Gerard era de carne y hueso y podía tocarlo. Cuando lo tuve cerca, le miré a los ojos y lo que vi no fue aquella mirada burlona y cruel de otros tiempos. El niño se había hecho hombre y el hombre me quería. Él había transitado por el camino del amor largo tiempo y en eso me aventajaba, porque yo estaba comenzando. Ay, de haberlo sabido antes. Se lo recriminé riñéndole un poco. Estás seguro de que habrías sabido entenderte a ti mismo si te lo hubiera dicho antes, me preguntó él. Pensé que tal vez tuviera razón, tal vez de habérmelo dicho, por ejemplo, dos años antes, me habría sentido insultado. O tal vez no, tal vez habría admitido que había adivinado la verdad. Y tú, cómo es que hiciste daño a una mujer, te gusta hacer daño, le pregunté mientras le arañaba suavemente la espalda. No, respondió cogiéndome la mano y llevándosela a la mejilla, no me gusta hacer daño, solo te lo he hecho a ti y porque me desesperabas. Nunca le pedí a Montse que saliera conmigo, solo le pregunté si le importaría fingir que era mi novia. Gerard sonrió y, al ver mi extrañeza, continuó, a Montse le daba lo mismo, es muy amiga mía, es muy liberal en sus relaciones con los hombres y siempre ha sabido que yo no era como ellos. Y, como no tiene un pelo de tonta, me preguntó, a quién quieres fastidiar. No se lo dije pero, como nos abrazábamos en plena calle cuando nos cruzábamos contigo y notaba mi alteración, lo descubrió enseguida. En fin, me siguió el rollo hasta que un día le dije, ya no hace falta, Montse, creo que ya ha aterrizado. Me lo había contado Adela, ya te lo comenté, ¿verdad?, y yo, no hace mucho, me di cuenta de que por fin te habías mirado al espejo y habías visto al otro hombre, al de verdad. Aún más sorprendido admití, sí, lo comprendí un día mirándome al espejo, cómo lo sabes. Porque a mí me pasó lo mismo, pero mucho antes que a ti, respondió Gerard con una sonrisa. Conozco a muchos chicos que han pasado por lo mismo mientras se acariciaban delante del otro que los observaba. Delante de sí mismos. No sé si le pasa a todo el mundo, pero a unos cuantos seguro que sí.

Comprendí lo que me decía. Los años transcurridos en solitario observando a las hormigas, el hielo, la escarcha y la naturaleza en general me habían convertido en un observador no solo de las plantas y los animales, sino también de los humanos. Había entendido que hay un poco de todo y que todo es posible, que debe respetarse todo. Había entendido que el comportamiento más primario de los humanos es, más o menos, el de los animales. Había entendido que la inteligencia a menudo nos empuja a cambiar dicha situación, pero no siempre, ni mucho menos. Había aprendido que los instintos, si son muy fuertes, nos superan y entonces sentimos eso que llamamos pasión.

A Gerard, la pasión le brotaba por los poros de la piel. Todo él era pasión. Y pasión por mí, por Albert. Durante años que parecieron siglos se la había ocultado a todo el mundo y había hecho lo imposible por llamar mi atención. Y lo había conseguido, pero en el sentido contrario al que buscaba. Y durante todo ese tiempo lo había devorado la pasión. Una pasión que había sofocado en Barcelona vete tú a saber de qué modo.

Aquella fue la noche más intensa. Si con François había descubierto el mundo de los que eran como yo, con Gerard inauguré un camino que conducía a la cima de una montaña que era como un jardín de flores. Gerard me quería y me deseaba. Nunca había hecho con nadie lo que conmigo, no se había entregado a nadie, no se había esforzado por quitar de en medio a todo lo que se acercara a otro como había hecho conmigo, fuera persona, animal o incluso algo tan efímero como un trozo de hielo. Hicimos el amor, nos acariciamos, descubrimos todos los recovecos de nuestro cuerpo. Jugamos a darnos placer mutuamente. Eran altas horas de la madrugada cuando por fin nos dormimos uno en brazos del otro. Y me pareció que solo habían pasado cinco minutos cuando sonó el despertador. Gerard estaba vistiéndose, salía corriendo para el pueblo, tenía que estar en el supermercado a las diez. Se me acercó, me miró y sonrió. Qué cara, dijo. Lo atraje hacia mí y nos besamos. Él, suavemente, se separó de mí. Tengo que irme, insistió, a regañadientes. Te llamaré. Se marchaba y, aunque acababa de despertarme y estaba muy dormido, sentí como si me arrancaran de pronto un trozo de brazo. Volveré, me aseguró. Me acarició la mejilla y desapareció.

Oigo que llega Nina. Me voy a dormir. Espero que entre y le pregunto:

—¿Apago la tele? Me voy a la cama.

—Sí, sí, yo también voy a acostarme…

Mi hermana tiene la voz rara. Pasa de largo y se dirige a su cuarto. Mientras recojo un poco, oigo un chirrido que indica que se ha sentado en la cama. Estará rezando. Nina siempre reza. A veces nos encontrábamos en misa o acudíamos juntos. Cuando pasó lo del cura, nos pusimos de acuerdo para ir juntos al pueblo de al lado o a Vic hasta que cambiaran al párroco. Yo intentaba conversar con la Virgen María, pero ya no era lo mismo, porque empezaba a tener las cosas claras o medio claras y, bueno, a la Madre de Dios pensaba escucharla hasta cierto punto. Mi hermana, en cambio, se pasaba el rato arrodillada con profunda devoción y estoy seguro de que antes o después hará algún milagro, porque tiene madera de santa. Yo, de santo no tengo nada. No se puede ser santo cuando te llama el amor o lo que sea que te une a alguien de una manera que parece que será para siempre. Y con Gerard lo parecía.

A partir de entonces iba a verme como mínimo una vez por semana. Yo no podía ir a su casa. De hecho, cuando venía al pueblo, intentaba mantenerme alejado de él, aunque me costaba, pero, válgame Dios, él era hombre y yo también y, además, mecánico, una profesión que a todo el mundo le parece de lo más masculina. Pues resultaba que yo amaba con locura a otro hombre. Y que él me quería. Era tan bonito que se me dibujaba siempre una sonrisa inconsciente en los labios. Y, si por casualidad lo veía, a ese otro hombre, a mi hombre, le guiñaba el ojo con disimulo cuando no nos veía nadie. Si no, como había hecho siempre, toda la vida, lo saludaba de lejos con una frialdad que solo Dios y la Virgen saben cuánto me costaba fingir. Sin embargo, por las noches seguía preguntándome constantemente si hacía bien sonriendo, guiñándole el ojo y, sobre todo, abrazándolo y deseándolo tanto. No lo sabía, no conseguía aclararme, pero mientras, y a mi pesar, continuaba viviendo, sonriendo y guiñando el ojo, abrazando y deseando.

En el pueblo teníamos que andarnos con mucho ojo. Solo lo sabían Adela y Montse, y ni eso, porque Adela no estaba segura, nadie se lo había dicho con todas las letras. Montse sí lo sabía. Según me contó Gerard, hablaba con ella continuamente, conocía todos sus secretos, eran amigos íntimos. Llegué a estar un poco celoso de ella, pero se me pasó y después tuve suerte de que Montse estuviese ahí. Al final, las personas que me habían parecido las más indeseables resultaron ser las que tenía más cerca y las que mejor me comprendían. Montse, que siempre mascaba chicle, que siempre se reía con la boca abierta, que siempre iba pintarrajeada como una mujer de la calle, que se besaba con todos, que gritaba en lugar de hablar, pues esa Montse después fue y todavía es mi amiga más fiel y la más cercana. Y yo que no soportaba a la gente que le gustaba destacar. Sigo sin soportarla. Solo a Montse, y porque ella es diferente, aunque todavía me cueste aceptarlo.

En el pueblo no podían saber lo que había entre Gerard y yo. No obstante, gracias a esta amiga, gracias a fingir que Montse mantenía una relación especial con Gerard, acabamos pudiendo charlar los tres tranquilamente e incluso, un día, Gerard y yo nos dimos un beso clandestino en un rincón del bar de la calle Mayor. De cara a la gente, Montse y Gerard eran novios eternos y yo había empezado a congeniar con ella y, en fin, lo que las primeras veces se había limitado a saludos aparentemente fríos entre Gerard y yo fue convirtiéndose en encuentros cada vez más frecuentes. Con ella aguantando la vela, eso sí.

En Ripoll era donde pasábamos nuestros mejores momentos a solas. Gerard ya no iba a buscarme al taller para no levantar sospechas, sino que me esperaba directamente en el piso y nos quedábamos allí. A veces salíamos a cenar o al cine. Y después pasábamos otra noche maravillosa, como la primera, como la del 23-F, durante la cual se paralizó todo el país menos nosotros. Si mis hermanas supieran que no me enteré de nada de lo ocurrido hasta el día siguiente en el taller no se lo creerían. Como les pasó a los del taller. Cuando llegué de buena mañana estaban todos callados y trabajaban escuchando un transistor que tenían encima de una balda. Saludé y me puse también a trabajar sin preguntar qué pasaba porque presentía que había ocurrido algo grave. Escuché sin entender nada. En el Congreso de los Diputados de Madrid ocurría algo, eso sí, pero qué. Al final tuve que preguntarle a un compañero que de qué iba la cosa. Me miró con incredulidad, cómo, Albert, ¿no sabes qué ha pasado? Pues no, dije, algo desconcertado. Qué has hecho esta noche, me preguntó con mala intención, echándose a reír sin saber que había dado en el clavo. Me sonrojé pero intenté controlarme. Nada, dormir, mentí, me encontraba mal. Ya veo, ya, dijo él. Y no tienes tele ni radio. Es que no encendí nada, solo tenía ganas de dormir. Entonces se giró hacia los demás y exclamó, eh, chicos, tenemos aquí a la única persona que no sabe lo que ha pasado esta noche. Los otros comenzaron a burlarse y tuve que explicar de nuevo mi coartada improvisada. Al final, el que había empezado bromeando me lo contó todo. Entonces recordé que por la tarde, antes de cerrar, había oído lo de los tanques en Valencia. Y yo sin darle importancia, y eso que por poco volvemos a los tiempos de Franco. Uf, dije en cuanto terminó de contármelo. Uf, solo se te ocurre decir uf, me recriminó mi compañero.

Solo se me ocurría decir uf. En aquella época también me lo decía para mis adentros y seguí diciéndolo mucho tiempo después, cada vez que pensaba que me acostaba con hombres. Pero me había olvidado de la Virgen e incluso intentaba no mirar el monasterio cuando pasaba por delante, porque me sentía culpable, muy culpable de encamarme con hombres; entonces, con un solo hombre, porque en aquella época solo me acostaba con Gerard. Una vocecilla interior seguía diciéndome que ofendía a Dios y a mí mismo. Viví entre vocecillas en disputa.

También exclamé uf cuando Gerard, mientras cenábamos, me contó cuáles eran sus planes de futuro. He desperdiciado un año precioso en el supermercado, dijo. Pero me iré a estudiar. Me asusté, adónde. Gerard me acarició una mano, no sufras, no muy lejos, iré a la universidad de Bellaterra porque quiero ser periodista. Entonces fue cuando exclamé uf. Gerard dijo que le gustaría escribir en un diario y quizá hablar por la radio. Uf, repetí. Se rió un poco más, pues sí que te extraña, no es para tanto. Te olvidarás de mí, le solté de pronto, porque me entró un miedo espantoso a que en aquel otro mundo efectivamente se olvidara de mí. Me miró con dulzura, Albert de mi corazón, me dijo, no te he olvidado en muchos años, cómo quieres que me olvide de ti solo por ir unas horas a estudiar a la universidad, es imposible. Siempre recordaré aquella mirada y aquella voz aterciopelada cuando me habló. Y la mili, pregunté. Bah, me he hecho objetor de conciencia, pero pronto eliminarán el servicio militar y así no tendremos que jugar a ser soldados. Eso espero, le contesté, yo no había tenido que hacer la mili gracias a los pies planos. El miedo no remitió, pero irás otra vez a Barcelona. Gerard se rió, pues claro que iré a Barcelona, pero no para lo que tú crees, hombre, no para eso. Mientras me hablaba, me cogió de la nuca y me atrajo hacia él. Me dio un beso que me erizó todo el vello y vi todas las estrellas del firmamento. Nos levantamos sin parar de besarnos, dejamos los platos en la mesa y la cena a medias. No podíamos contenernos.

Me desnudo y me meto en la cama. Estoy cansado, ha sido un día largo y difícil. Ver a mi padre morirse ha sido lo peor. Estos últimos años sin mi madre hemos compartido nuestros silencios y todos los días he ido contando las arrugas que le iban apareciendo en la frente, las mejillas, la barbilla. Y después, está la rutina. Todos los días he visto salir a mi padre de buena mañana tras un suave bocinazo proveniente de la calle. El chico, que venía a buscarle, y los dos partían juntos hacia la granja, a un cuarto de hora de aquí, montaña arriba. A saber lo que se contaban en el coche, si mi padre rezongaba siempre o, mejor dicho, gruñía, y el chico casi no habla. Quizá intentara darle conversación o quizá no. El caso es que los veía desaparecer a los dos, sumergiéndose en la niebla y en la oscuridad en invierno y en la luz bajo el cielo despejado en verano. Estos últimos días no se veía ni a un palmo de distancia, mi padre no veía nada. Hace diez días se cayó por un desnivel de la granja. Seguramente la caída precipitó todo lo demás, dijo el médico. No sé a qué se refería con todo lo demás, pero es verdad que hacía unos meses que a mi padre le costaba respirar y yo sufría por él. Lo llevé al médico porque lo veía muy desmejorado y el doctor nos dijo que tenía bronquitis, que tenía que descansar. Volvimos a casa y lo mandé acostarse, pero él quería ir a trabajar. No puedes ir, papá, si no te aguantas, le dije, tienes que recuperarte. Pero mi padre estaba muy enfadado, lo que todavía le dificultaba más respirar. Y es que su historia particular con las vacas, una historia que, de cerca, solo conoce el chico, era lo que lo mantenía con vida. Yo creía que se moriría pegado a una vaca mientras la ordeñaba, estaba convencido. Id con cuidado, le advertí al chico, está enfermo. El chico le ayudó en lo que pudo, pero, cuando mi padre se cayó, se acabó.

Lo acosté y se dejó. Se notaba que estaba asustado y me dio pena. Avisé a Nina y ella, cuando lo vio, llamó al médico. El primer día pareció que se recuperaba, pero no fue así, porque enseguida recayó en aquella respiración que, poco a poco, se convirtió en resuello. Queríamos llevarlo al hospital, pero se alteró mucho cuando se enteró, se alteró tanto que tuvimos que renunciar. Entonces Nina, con permiso de los médicos, trajo el palo ese con los ganchos en lo alto y colgó una botella. Después clavó una aguja en el dorso de la mano de nuestro padre. Él no se quejó y yo por poco me desmayo, porque la aguja era muy larga y muy gruesa y porque solo de imaginarme aquella cosa dentro de una vena me daban arcadas. Pero mi padre no hizo nada. Pensé que era insensible o que como mínimo las manos se le habían insensibilizado. Entonces las miré por primera vez en mucho tiempo y vi que las tenía arrugadas, con las venas muy marcadas. Nunca me había fijado. Mientras Nina terminaba de prepararlo, tuve que salir de la habitación porque de pronto se me encogió el corazón.

También se me encogió el corazón cuando Gerard se mudó a Barcelona. Barcelona para mí era una especie de ciudad fantasma, donde sucedían cosas horribles. Y todo, claro está, porque Gerard me había contado que antes de nuestro reencuentro iba allí a que le sofocaran los instintos. Después, durante el año y medio en el que nos quisimos tanto, durante el año y medio en el que fui más feliz de lo que había sido en la vida, le pregunté si había vuelto y me dijo que no, que no necesitaba para nada ir a Barcelona, que conmigo tenía suficiente. Pero, entonces, al final del segundo curso que habíamos pasado juntos, me dijo, me voy a vivir a Barcelona. Y por eso se me encogió el corazón. Era consciente de que Barcelona también podía ser la ciudad que ahora conozco, amable, acogedora, bonita, atractiva, la ciudad que se deja lamer los pies por el mar y que huele a sal si estás en el puerto y a retama en la zona alta. Pero en aquel momento Barcelona me inspiraba una gran desconfianza. Gerard me tranquilizó, no te preocupes, nos veremos igual, vendré igual.

No vino igual porque tenía que estudiar y porque su familia quería verlo de vez en cuando y solo podía visitarlos el fin de semana. Iba a Ripoll cada quince días y gracias. Pero, pese a todo, fuimos felices una buena temporada. Gerard, cada vez que venía, me contaba cómo le iban las clases, qué lástima haber perdido un curso, se lamentaba siempre, pero antes creía que no quería estudiar más y eso que saqué buenas notas en el bachillerato. No está mal descansar un año, le decía yo, y así has aprendido un oficio. Ah, sí, cuál, me preguntaba él. Vendedor de supermercado, le respondía riéndome. La verdad es que al principio de estudiar parecía que mi amigo no encontraba su sitio ni en el piso de estudiantes donde había ido a parar ni en la universidad. Me hablaba del pueblo y me decía que lo echaba un poco de menos. Me decía que a mí también me echaba de menos. Pero luego, poco a poco, comenzó a hablarme con pasión de lo que estudiaba. Le gustaba mucho el mundo de los *media*, que decía él, y me citaba con orgullo a los profesores y me decía que eran muy conocidos, aunque, la verdad, a mí solo me sonaba alguno muy de vez en cuando. Poco a poco fue entusiasmándose con los estudios. Y a mí me gustaba que se apasionara tanto por lo que estudiaba, pero tenía la impresión de que lentamente iba cambiando la forma de hablar, de expresarse e, incluso, los intereses que antes compartíamos y que ahora yo me esforzaba en seguir como fuera. Sabes cómo se escribe una noticia, me preguntaba, por ejemplo, mientras yo preparaba la cena y él ponía la mesa. Y yo le contestaba, no. Y entonces dejaba de poner la mesa y venía a mi lado para explicarme, pues hay que resumir lo más importante de lo que ha pasado e ir añadiéndole detalles de mayor a menor importancia. Sabes por qué. No, repetía yo. Pues porque cuando cortan, cortan por el final, y así te aseguras de que no eliminen información importante. Yo lo miraba desconcertado, quién corta. Ah, pues el diario, a la hora de compaginar recortan las noticias y dejan solo lo que les cabe. Qué significa compaginar. Y entonces me explicaba qué significaba compaginar. Y así siempre, cada vez más a menudo, hasta que un día salté, basta, mira yo no te explico todo lo que sé de motores, ¿quieres que comience a detallarte las partes que componen un motor y cuáles son las averías más comunes? Fui brusco. Muy brusco. Gerard no se lo esperaba.

Apago la luz y, a oscuras, veo las estrellas fosforescentes que un día pegué en el techo de la habitación. Me las regaló Montse y, antes de dormirme, siempre las contemplo un rato y pienso que velan mi sueño.

Perdón, me disculpé de inmediato, al ver que había cortado a Gerard. No pasa nada, me dijo con un suspiro, hablo demasiado. No, no, perdóname, es que yo no tengo nada interesante que contar y... no sé. No sabía qué decirle ni cómo excusarme. No hace falta que te disculpes, amor mío, me dijo, y tienes un montón de cosas interesantes que contar. Lo que ocurre es que tú eres discreto y yo un charlatán imperdonable. Se calló un momento y añadió, ten presente que a mí me gustas tú, con todo lo que haces. Y me parece bien que seas mecánico porque te hace feliz. Y me besó en la mejilla.

En realidad no pasaba nada, no volvimos a mencionarlo. Pero algo había cambiado poco a poco, algo intangible comenzaba a interponerse entre Gerard y yo, y nuestra relación de ensueño empezó a exigir dosis de una realidad que no podíamos darle porque vivíamos dos vidas demasiado diferentes. Yo me había quedado en el silencio de la incomprensión mientras él construía castillos en el aire con amistades y ambientes nuevos que poco tenían que ver con el pueblo y, todavía menos, con un taller mecánico. Gerard había cambiado hasta la manera de vestir y, para mi sorpresa, llevaba llamativos chalecos y zapatos a juego con una americana o una cazadora ceñida no menos vistosa. Empezó a no venir algún fin de semana. Me decía que estaba enfermo. En cualquier caso, cada vez más, cuando venía, hacíamos el amor y punto, apenas hablábamos de otras cosas. Y un día, como era de esperar, dejó de venir. Telefoneó y me dijo que estaría unos días sin subir porque tenía que estudiar mucho, tanto que tampoco iría al pueblo. Y aquellos días se alargaron sin fin. Me dije, Albert, esto te pasa por no saber cómo se compagina una página de diario.

Me había olvidado de la Virgen María, pero tenía a mi hermana pequeña, que era otra especie de Madre de Dios, y me decía, Albert, pareces enfurruñado, y me preguntaba si me encontraba bien. Yo le decía que sí, que sí, no me apetecía hablar con nadie de lo que me pasaba y aún menos con Nina, pobre, cómo iba a asimilar algo así, si no debía de saber ni siquiera lo que era estar con un hombre. Todavía hoy debe de ser virgen. En aquel entonces, mi hermana había regresado de su año perdido en el convento. Y entonces supe que Annabel también había perdido un año de estudios. La temporada anterior se la había visto poco por el pueblo, pero, claro, yo estaba tan metido en mi historia de amor con Gerard que, la verdad, no me fijé mucho. Lo comentaban un día mi madre y Nina cuando las pillé en el comedor ordenando sus *eaux de toilette*, *eaux de parfum*, etc. Por qué ha perdido un año, les pregunté sin poder contenerme. Mi madre y Nina, sorprendidas de que las hubiera escuchado, se giraron, y mi madre decidió contarme lo que supuse que respondía solo a la verdad más superficial. Bueno, pues por temas sentimentales, quedó un poco tocada, pero ahora ya lo ha superado. Ah, exclamé, y me fui a la habitación pensando que todo el mundo perdía cursos menos yo. Yo, que podría haberlo perdido de haber hecho el servicio militar, era el único que no había dejado de estudiar ni de trabajar en ningún momento.

Pero en aquel momento en particular, con gusto habría perdido un curso entero. Un curso de la vida. Habría dicho, por favor, dejadme dormir cien años como la Bella Durmiente y, cuando despierte, el dolor habrá desaparecido. Porque estaba a punto de explotar de pena, que es una manera de explotar que lo empapa todo de lágrimas y luego las lágrimas se dispersan y no hay forma de recuperarlas. Así que volví con la Virgen. Será que solamente nos acordamos de santa Bárbara cuando truena, como decía la abuela. Pues de la Virgen, también. Y pensé, ay, madre, me caerá una bronca. Pero no. Allí, en el monasterio de Ripoll, en un silencio milenario, me pareció que la Dama celestial venía con un pañuelo para secarme el llanto y me decía dulzuras al oído y también me reñía por amar a un hombre. Entonces le contestaba, mira, no puedo hacer nada, y ella me sonreía como si, en el fondo, le diera igual. Y yo cerraba los ojos y el silencio absoluto me ensordecía.

No pude más y fui a su encuentro. Le había telefoneado tres o cuatro veces al piso de Barcelona y siempre me decían que había salido. Al final, como tenía la dirección, un día me pasé por allí. Tenía la dirección porque desde el primer día nos habíamos enviado cartas de amor. De Ripoll a Barcelona y al revés, claro, por nada del mundo nos habríamos escrito al pueblo.

Me costó ir a Barcelona por lo que había representado para mí la ciudad hasta ese momento. Hacía mucho tiempo que no bajaba. No se me había perdido nada, pero antes de que mi madre se encargara de la perfumería, la había acompañado alguna vez a Barcelona porque quería ir de compras y me pedía que la ayudara a cargar los paquetes. Como ella no tenía carnet y yo aún no era mayor de edad, íbamos y veníamos en tren y coche de línea y entre los dos cargábamos las bolsas de ropa que compraba para toda la familia. Mi padre, mientras, estaba con las vacas. No recuerdo haberle oído mencionar nunca que hubiera estado en Barcelona. Creo que para él era una ciudad tan lejana como Madrid o Frankfurt.

Pedí una tarde libre entre semana para ir a Barcelona. Si quería asegurarme de encontrar a Gerard no podía ir el fin de semana ni el viernes. Tenía que ser entre semana. Cogí el tren en Ripoll, porque tenía miedo de perderme si iba en coche a la que por entonces me resultaba una ciudad desconocida, y a las tres de la tarde de un miércoles cualquiera llegué a la capital catalana. Había consultado en la guía la calle donde vivía Gerard y había descubierto que estaba por el centro, en el barrio de Ciutat Vella. Hacia allí que me fui, lo encontré enseguida. De camino pasé por calles repletas de gente, muchos eran extranjeros, y de tiendas donde vendían toda clase de cosas que a Nina y a mi madre les habrían parecido muy monas. Había una tienda que vendía gorros. Solo gorros. Me quedé embobado mirándolos. Pero no quería perder el tiempo, así que dejé los gorros y me encaminé hacia aquello que me atraía más que un polo negativo a uno positivo. Era una puerta pequeña de una casa antigua. Con timbres, llamé y alguien me abrió. Entré en un portal oscuro, subí a tientas las escaleras y me dirigí al segundo piso, donde la puerta estaba entornada. La abrí un poco más y llamé en voz alta, hola, ¿hay alguien? Entonces se oyeron pasos de pies descalzos y enseguida apareció un chico barbudo con cara de sueño. Perdona, me dijo, estaba durmiendo la siesta y pensaba que serías uno de los chicos. Debía de referirse a los compañeros de piso. Le dije que buscaba a Gerard. Estoy solo, respondió, si quieres esperar... Lo rumié un instante. Volveré luego, dije finalmente. Y me marché. Ya fuera, decidí esperar paseando por los alrededores. Me entretuve mirando las tiendas de la calle. Hasta que, al poco, apareció Gerard. No iba solo, sino que le acompañaba un chico vestido como él, con un estilo más bien llamativo, pero que además se movía de un modo tan femenino y sinuoso que me dejó pasmado. Los dos iban comentando algo que debía de importarles mucho por la atención que se prestaban y porque no veían nada más, solo el uno al otro, y se daban codazos y se rozaban constantemente. El dardo de los celos me atravesó y me dejó sin aliento. Ah, qué dolor. Me sentí morir. Habría querido huir corriendo pero no podía, estaba clavado en el suelo.

Y entonces, cuando estaban a unos diez metros de distancia, Gerard me vio. Cambió de expresión al instante, Albert, gritó, y vino hacia mí. Reconocí en sus ojos a mi amigo, a mi amor, a mi amante. Cómo estás, me preguntó con expresión angustiada. Bien, contesté con dureza. El amigo femenino se colocó rápidamente a su lado. Quién es este, preguntó con un deje en la voz que denotaba un deseo de marcar territorio sobre aquel bien común que aparentemente nos pertenecía a los dos. Gerard reaccionó. Oh, Albert, te presento. Lo interrumpí, no hace falta que me presentes a nadie, déjalo, adiós. Di media vuelta y me marché. Los primeros pasos se me hicieron eternos, tenía la esperanza de que él me siguiera. Pero la eternidad acabó con el sonido lejano de la voz de aquel chico que parecía salido de un tebeo y volvía a preguntar, quién es ese. No escuché la respuesta, ya estaba en el tren, regresé, llegué a Ripoll, traté de reprimir la balsa de lágrimas que llevaba dentro y, nada más entrar en el piso, estallé y lloré, lloré, lloré, lloré. Lloré toda la noche, no podía parar. Creo que se me acabaron las lágrimas porque al cabo de unas horas me moría de sed. Pensé que estaba deshidratándome. Es igual, me moriré seco, reseco como un bacalao salado por culpa de tanto llorar. Pero la sed era imperiosa y acabé bebiendo agua sin parar. De madrugada, me dormí. Estaba agotado. Y al despertarme me di cuenta de que el sol ya no estaba.

Ahora todas las estrellas del techo están iluminadas. Solo una vez las vi apagarse poco a poco. Siempre me digo que me fijaré pero nada, me duermo antes de que desaparezcan. En fin, así velan mis sueños.

Aquel día de hace tantos años el sol se había apagado. Y qué duro es levantarse cuando el sol no está. De repente, nada tiene sentido, nada nos llama la atención y nos anima a vivir otro día. Qué nos espera. Nada. La rutina se convierte en una carga pesada y el hecho de tener que relacionarnos con compañeros, vecinos y clientes deviene un esfuerzo monumental.

Gerard telefoneó al cabo de siete u ocho días. El teléfono sonó amenazador, me llamaban de casa un par de veces por semana, pero aquel timbrazo era diferente, lo noté enseguida. Cuando descolgué, oí su voz lejana, muy mal, como si telefoneara desde una cabina. Sonaba entrecortado. Dime, le dije secamente cuando confirmé que era él. Se soltó, escucha, Albert, tengo que irme, no puedo quedarme aquí, estoy enfermo. Ah, qué te pasa, pregunté por preguntar más que por interés. No contestó directamente, se limitó a decir, Albert, hazte las pruebas, por favor, hazte las pruebas. Te quiero. Adiós. Y colgó.

Me dejó desconcertado, descolocado. Qué le pasaba a Gerard y qué pruebas quería que me hiciera. No lo entendía. Hoy parece imposible que fuera tan tonto, ya lo sé, pero en aquella época y en mis circunstancias determinados temas eran ciencia ficción para las personas que nos considerábamos normales, que llevábamos una vida normal. Y no acabé de entender eso de que Gerard estuviera enfermo y tuviera que marcharse. Qué enfermedad tenía y adónde tenía que irse. Incluso me enfadé un poco porque, así, de entrada, me dio la impresión de que intentaba librarse de mí. Yo no veía nada más, solo mi amor propio herido y el dolor de mi alma. Estaba ciego.

Dejé de estarlo viendo la tele esa misma noche. Se abrió la puerta de la luz, de una luz que iluminó de repente mi mente ofuscada. Cómo no había caído, si todos los días en todas partes se hablaba de lo mismo, si era una plaga. De pronto, empalidecí, me mareé. La plaga tenía un nombre: sida.

Sida, sida, sida, sida. De repente me sentí como si una piedra enorme me hubiera golpeado en la cabeza. Sida. Me tambaleaba, pero no terminaba de caer, no caía en una inconsciencia que, en aquellos momentos, ansiaba. Sida, Dios mío, el castigo a la depravación, según tenía entendido y había leído que decían algunos. Y mira que hacía tiempo que sabía que existía esa enfermedad, pero no se me había ocurrido que el monstruo pudiera estar tan cerca. Me parecía algo lejano, propio de Estados Unidos o África, donde siempre pasan cosas insólitas, exóticas o terroríficamente modernas. No podía ser. Quizá no se refiriese a eso, me dije, quizá me he equivocado y no lo he entendido bien. No sabía de nadie conocido que estuviera enfermo de sida, como parecía ser el caso de Gerard. No, no, había cometido un error, no podía ser.

Me levanté de un brinco y fui a por el teléfono. Ah, ojalá hubieran existido los móviles. Pero todavía no había teléfonos móviles, no estábamos localizables las veinticuatro horas del día. Llamé a su piso de Barcelona y contestó una voz que no supe si pertenecía al barbudo que me había abierto la puerta el día de mi visita. Pregunté por Gerard. Y entonces me pareció que la voz se alteraba, ah, ya no vive aquí, me dijo. El corazón me dio un vuelco. Dónde vive. Pues no lo sabemos. Pero se ha ido de Barcelona, pregunté. No, bueno, ni idea. Qué ha pasado, por qué se ha ido, insistí un tanto impaciente. La voz pareció molestarse, mira, chaval, ya no podía quedarse más tiempo, ¿vale? Venga, adiós. Y me colgó.

Me quedé con el auricular en la mano. Gerard no podía quedarse más tiempo en el piso, me había dicho aquel chico. No podía quedarse más. Eso, unido a la palabra sida, tenía un sentido tétrico. Había oído que a los enfermos de sida los alejaban de los demás, como si fueran apestados o leprosos. Había oído que solo se contagiaba por la sangre o a través de los fluidos sexuales, pero que nadie estaba seguro del todo, y corría el rumor de que podía pasarse por la saliva y, lo que era aún peor, por el aire que respiraban los enfermos. Había oído de todo, pero lo que estaba claro, clarísimo, era que, si te contagiabas, eras hombre muerto.

Gerard. Me ahogaba. Respiraba entrecortadamente, con el corazón acelerado, cogí el abrigo y salí de casa en dirección al monasterio. Habían cerrado. Me quedé fuera mirando el campanario iluminado. Ay, Virgen María, Madre de Dios, perdóname por lo que he hecho, pero ahora ayúdame, le rogué con el pensamiento mientras me resbalaban lagrimones gordos como perlas por las mejillas. No sé si en mi interior pesaba más la posible muerte de Gerard o mi más que probable contagio. Tenía la mente trastornada y, cuando pensaba en una de las dos cosas y me horrorizaba, trataba de concentrarme en la otra para distraerme y todavía me horrorizaba más. Y mi Amiga celestial no me hacía ni siquiera un gesto para que me encontrara mejor. Al menos contesta y, si crees que soy un depravado, me lo dices, le exigí de pronto. Alcé la mirada hacia el campanario, donde revoloteaban los murciélagos persiguiendo mosquitos, e intenté captar alguna señal divina. Nada, ni señal, ni rayo de luz, ni nada. Había perdido la comunicación que solía existir entre nosotros. Quizá la enfermedad sea culpa mía, porque he hecho lo que he hecho, me dije finalmente, y Ella no quiere saber nada de mí. En cualquier caso, estaba solo, con las manos frías y la cabeza helada.

Me quedé un rato largo. Después, poco a poco me levanté. Volvía a funcionarme la cabeza, gracias a Dios. Tenía dos objetivos muy claros: el primero, encontrar a Gerard, pasara lo que pasase y por mucho que me costara. El segundo, averiguar si yo también tenía el sida. Caminé hasta casa, me metí en el dormitorio y me tumbé en la cama sin quitarme la ropa. No hacía falta, aquella noche no dormí.

Han pasado muchos años desde entonces, pero todavía me martillea el cerebro cuando lo recuerdo, porque llegué a pasarlo muy mal, jamás lo he pasado peor. Tengo que ir a hacerme la prueba, me decía a mí mismo. Sí, pero dónde y cuándo. A urgencias del hospital, con el médico de cabecera, en la farmacia... No sabía lo que debía hacer exactamente y me daba miedo que, cuando se enteraran de lo que tenía, todos me dieran la espalda y me expulsaran del mundo. Ya me la haré, pensé en un acto de indiferencia suicida, total, si estoy infectado, moriré de todos modos. Y mejor no saberlo porque así nadie me dará de lado, de momento, no saben ni que soy homosexual. No, tengo que encontrar a Gerard, me dije. Y de repente se convirtió en mi principal objetivo. Llamé a información telefónica e intenté conseguir el teléfono de Montse, la del pueblo. Lo conseguí. Telefoneé y pregunté por ella. No estaba, pero en su casa fueron muy amables y me dijeron que me llamaría.

Mientras, todo había cambiado. Iba a trabajar, pero todo el rato pensaba en Gerard y el sida. Y, cuando una parte de la cabeza me decía, sida, inmediatamente la otra la corregía, enfermedad, se dice enfermedad, y todo mi ser cobraba conciencia de que no podía decir sida porque era una palabra fea, una palabra prohibida. En el taller, de vez en cuando, se hablaba de sida a la hora de comer, como se hablaba de todo. Me cago en Dios, los maricones están jodidos, decía uno de mis compañeros llevándose a la boca un trozo de lomo rebozado. Sí, dicen que es un castigo divino, decía otro mientras devoraba un muslo de pollo, pero yo no sé qué decirte, tampoco se merecen esto, los maricones no hacen nada malo. Sí, asentía un tercero, desconfiado, pero ándate con ojo, porque se ve que puede extenderse como una mancha de aceite y, si sale de los maricones, vamos apañados, que por lo visto las mujeres también lo pillan, y los hombres normales. Yo me levantaba, mareado, perdón, voy al lavabo, decía, y me dirigía al servicio pensando, Dios mío, como se enteren me echan del taller, me quedaré sin trabajo y nadie querrá saber nada de mí, moriré solo. Y, enredado en mi silencio infernal, me quedaba un rato respirando agitadamente en el servicio y regresaba cuando ya habían dejado de hablar de maricones y charlaban de fútbol.

Montse me llamó al cabo de cuatro días. Le pregunté en el acto, con ansiedad, si tenía noticias de Gerard. Se calló un momento, luego dijo, me llamó y me explicó que había dejado el piso y el porqué. A mí también, repliqué, desilusionado porque no había conseguido más información. Entonces Montse añadió, pero también me dijo que telefonearía cuando tuviera un sitio donde vivir y que me daría la dirección. Le pedí que viniera a casa, que lo cuidaríamos, que mis padres son muy liberales, pero no quiso ni oír hablar de volver al pueblo. Aquí, sus padres no le buscan porque les dijo que tenía que hacer un viaje de estudios, que se iba a África a hacer un reportaje o algo así. De modo que están tranquilos. Entonces Montse se echó a llorar, ay, Albert, estoy muy preocupada. Yo también estaba muy preocupado y no supe qué decirle, me había quedado sin palabras, no podía decirle que se tranquilizara porque yo era el primero que no estaba tranquilo. Solo teníamos una esperanza, la llamada que Gerard le había prometido.

Colgué con el corazón sumido en la tristeza. De pronto, dejé de tener mala conciencia por mis inclinaciones sexuales, porque estaba tan preocupado que ya no me cabían más preocupaciones en el alma. El caso es que mi amigo, mi amor, había desaparecido y se arrastraba por el fango en algún lugar, lejos de todos los que le conocían. Yo no sabía qué hacer, no contaba con la ayuda de su familia ni de nadie más. Además tenía mi propio problema, estaba infectado, seguro, y a saber cuándo desarrollaría la enfermedad. Intenté encontrar algún libro sobre el tema, pero no había nada publicado o yo no supe dar con ello. Tenía que hablar con algún médico, era la única solución. Ya iré, pensé, cuando encuentre a Gerard. Me acerqué lentamente al espejo. Me sentía incapaz de hacerme feliz a mí mismo, no era más que un mariquita desamparado que, jugando con fuego, se había quemado. Me miré el pene. Lo acaricié y, poco a poco, fue creciendo. Cuando alcancé el orgasmo, rompí a llorar. Madre de Dios, por qué me haces esto, le pregunté, a pesar de que hacía mucho tiempo que no me decía nada porque debía de estar enfadada conmigo. De hecho, por culpa de mis pecados ni siquiera me había enterado del acontecimiento más violento desde la dictadura, el intento de golpe de Estado no había existido para mí. Tiempo después, pensé en el efímero François, el hombre que me había enseñado a amar. Iba y venía, me había dicho. Y si lo había pillado aquí el golpe qué había hecho. ¿Echar a correr hasta la frontera o quedarse a negociar con zapatos hasta que todo se arreglara? Nunca lo he sabido, porque François no regresó. Pero su nombre y su recuerdo han perdurado para siempre en mi memoria.

Montse telefoneó al cabo de dos meses. Aquellos sesenta días fueron oscuros, exasperantes, estuvieron repletos de una impotencia desértica, áspera. Veía las noticias con ansia, pero también con angustia, supongo que porque esperaba que en cualquier momento dijeran algo de Gerard. No sé qué, algo. Las imágenes de los enfermos de sida frecuentaban los telediarios. Así que, por qué no había de salir Gerard.

Yo, mientras tanto, me había autoanalizado pero no había dado paso alguno para que un profesional de la medicina me confirmara si estaba infectado o no. Quizá me hubiera paralizado el pánico, pero de pronto decidí que no iría al médico, pasara lo que pasara, que solo cuando fuese muy evidente que estaba enfermo iría al hospital a morir. Mientras, nada, haría vida normal. Cuando tienes tantas probabilidades de estar muriéndote, no necesitas saberlo. Prefería descubrirlo de golpe. Salían expertos en la televisión para hablar de la cuestión y un día explicaron que el virus de la enfermedad podía permanecer dentro de ti sin que lo notaras durante mucho tiempo, incluso veinte años. Es como estar en el corredor de la muerte, pensé. Y cuando decían cosas así cambiaba de canal para poner películas de aquellas que se adivina desde el principio que acabarán bien. Estaban a punto de inaugurar la televisión catalana, la que sería TV3, y no terminábamos de creerlo. Pero nos decían que faltaban aún unos meses. Y yo me preguntaba con un escalofrío si llegaría a verlo. El mundo evolucionaba y el sida, también. El VIH, que es como bautizaron al microbio que generaba la enfermedad, se presentó en público en aquellos días de espera tensa y angustiosa.

Montse me dijo, Albert, está en el hospital, en Barcelona. Se me hizo un nudo en la garganta. Me costó lo que no está escrito esperar a que acabara la jornada laboral. Después, cogí el coche, esta vez sí, para ir más rápido. En la ciudad me perdí buscando el hospital y, cuando lo encontré, fui a su habitación como un loco. Entré y lo primero que vi fue a su madre junto a la cama. En la otra cama yacía un chico escuálido, flaco, que parecía un espectro. A Gerard lo tapaba la pared. No lo vi hasta que me planté delante de él. Dios santo, pensé al instante, nada más verlo. Cuando recuerdo aquella primera impresión, me estremezco. Gerard estaba más delgado que su compañero de habitación y con las zonas del cuerpo visibles infestadas de manchas o, mejor dicho, ampollas rojizas. Tenía las mejillas hundidas y los ojos, más negros que nunca, se humedecieron al verme. Intentó hablar, Albert, me dijo con un hilo de voz, y debió de emocionarse porque se mordió el labio y no pudo continuar. Lo vi tragar saliva, quién te lo ha dicho, me preguntó al final, ha sido Montse, ¿verdad? No contesté, estaba paralizado. Estaba horrorizado. De pronto me vinieron a la cabeza las imágenes que había visto de los hombres y las mujeres que habían encontrado en los campos de concentración nazis al liberarlos. Gerard parecía uno de ellos. Mi amigo, después de secarse las lágrimas, hizo un gesto a su madre que ella no entendió. Así que se lo dijo con palabras, déjanos hablar a solas cinco minutos, por favor. No sé si su madre se enfadó o lo entendió, solo sé que se levantó y salió. Y me coloqué en su sitio y ya no pude más, me eché a llorar. Gerard me acarició la cabeza con una mano llena de aquellas cosas. No llores, dijo, intentando no llorar, no quería decírtelo, me alejé de ti para que no supieras que seguramente estaba infectado, pero después, cuando lo confirmé, se me ocurrió que quizá te hubiera contagiado y llamé para avisarte. Se calló y me preguntó con la mirada. Quería saber si yo estaba infectado. Lo miré y me ruboricé, no lo sé, admití. Gerard alzó la cabeza, no dijo nada, pero vi que se extrañaba. Permanecimos en silencio, cogidos de la mano, y me acerqué y le besé en un hueco entre las pústulas de la cara, en la mejilla consumida, cerca de aquellos ojos tan profundos. Entonces me abrazó. Durante unos instantes solo existimos él y yo. Yo tampoco quería hacerme la prueba, me dijo, pero cada día estaba más enfermo y al final me lo dijeron. Cuando acabó de hablar, tosió. Una tos terrible, que daba miedo. Gerard sonrió al ver mi cara, me pasa de todo, dijo, no tengo defensas. Se me comen las enfermedades.

Entonces entró su madre y la miré. Era la viva estampa

del dolor. Solo ella podía saber lo que sentía viendo a su hijo de aquella manera. Y yo, estos últimos días con mi padre, he tenido la misma sensación que tuve entonces con Gerard. La proximidad de la muerte, que se huele, que se cuela en los enfermos que están a punto de abrazarla y les impregna la piel transparente con su perfume especial. Mi padre me ha hecho volver atrás en el tiempo también porque ha hablado del 23-F, aunque vete a saber qué haría aquella noche, si la pasó aquí en casa, con Nina y mi madre, si se fue a dormir. Lo soñaría. O ahora la proximidad de la muerte le ha empujado a inventarse historias. La muerte debe de hacer creer en cosas que no son verdad, incluso en cosas irreales como lo de perpetrar un asesinato porque, francamente, yo no me imagino a mi padre haciendo daño ni siquiera a una mosca.

Vendré el sábado, de acuerdo, vendré el sábado, le dije a Gerard al ver que no podíamos seguir hablando. Y, cuando venga, me quedaré todo el día. Y el domingo. Él sonrió y entonces vi en sus ojos al Gerard de siempre, a mi Gerard. Así mi madre podrá descansar un poco y pasarse por el pueblo, ¿verdad, mamá?, dijo él. Su madre nos miró a los dos, no muy convencida. No sé qué pensaría, pero me parece que a los dos nos dio lo mismo. Mientras, el otro espectro de la habitación contemplaba la escena abriendo los ojos como platos. No tenía visitas, ni ningún otro día vi que recibiera visitas. Lo habían abandonado.

Pasé con Gerard todo el fin de semana, desde el sábado por la tarde, y me quedé a dormir en la silla que tenía junto a la cama. No quería separarme de él. Cuando llegué estaba su madre, que se marchó enseguida. Y tu padre, le pregunté a mi amigo. Bueno, contestó sin darle importancia, mi padre ha venido dos días, pero no sabe ni cómo mirarme y dice

Montse que le cuenta a todo el mundo que estoy ingresado por una neumonía. En realidad, tengo una neumonía, añadió con una sonrisa, y otras muchas cosas.

Se le veía cansadísimo. Pero cuando llegué el sábado, le cogí la mano y le besé en los labios y quiso hablar. Me contó lo que había pasado, cómo había ido. Había oído hablar de la enfermedad, como todos, claro, pero creía que solo afectaba a Estados Unidos. Se ve que no. Debí de ser de los primeros en infectarme, pero no sé cómo ni con quién. Entonces bajó la mirada, bueno, no sé con quién pero sí sé cómo, piensa que bajaba a Barcelona desde los dieciséis años, porque cogía el tren y me quedaba a dormir en casa de mis primos. Y de eso ya hace cinco años. Son muchos, concluyó, completamente agotado de tanto hablar. Yo lo acariciaba, no dejaba de acariciarle la cabeza, la cara, los brazos. Y mientras tanto iban cayéndome lágrimas que no podía reprimir de ninguna manera.

Al rato, Gerard reanudó las explicaciones, me puse muy enfermo, tenía fiebre, gripes, de todo, y cada vez me sentía más débil y al final comenzaron a salirme manchas y no me hizo falta ir al médico para saber lo que tenía. Mi amigo miró al techo para añadir, era una sentencia de muerte en toda regla, no había nada que hacer. Antes de saberlo, cuando no me encontraba bien, no iba a verte, pero cuando me salieron las manchas, pues claro, dejé de ir del todo. No necesito contarte lo que sentí, lo que se me pasó por la cabeza. Y no sabía qué hacer. Al final, tras la impresión inicial, decidí continuar con mi vida normal hasta que no pudiera más, pero en el piso lo descubrieron cuando empezaron a salirme las manchas en el cuello y la cara. Tuve que marcharme a los tres días de que fueras a verme. Ya sabía que tendría que irme y me había espabilado, me había buscado otro sitio en casa de unos amigos que se dedican a, en fin, a la prostitución pero que son buena gente y me acogieron. Me viste con uno de ellos. Creía que tardaría un poco más en tener que ir, tampoco me gustaba vivir allí, pero no me quedaba otro remedio y no quería volver a casa porque me daba miedo lo que diría la familia y todo el mundo. Además, en el pueblo todos se habrían apartado de ellos y no quería perjudicarlos. Imagínate lo que habría pasado.

Volvió a callarse, y seguí acariciándole por todos lados. Giré un momento la cabeza. Al lado, el espectro solitario seguía nuestra conversación con toda la atención del mundo y sin disimulo. Pero ni a Gerard ni a mí nos importaba que escuchara. Era un espectador mudo para una pieza teatral tétrica. A saber cuál sería su historia, seguro que se parecía bastante, en aquella época todas las historias con destino a la muerte de un joven se parecían.

Gerard acabó su historia diciendo, en el piso me vieron las manchas y me echaron porque era contagioso. Me lo dijeron de lejos, ¿sabes?, no volvieron a acercarse a mí, y me enteré de que después lo desinfectaron todo. No dije nada y, como ya lo tenía todo listo, me marché. Le dije a la familia que me iba al extranjero, pero a ti y a Montse os conté la verdad. Donde fui había más como yo. Se nos distinguía fácilmente, teníamos la misma mala cara y las mismas manchas. Allí simplemente vivíamos, comíamos, dormíamos. Y aguantábamos como podíamos, porque sabíamos que en cuanto nos ingresaran en el hospital ya no volveríamos a salir. Vi marcharse a dos. Uno tardó tanto en abandonar el mundo exterior que tuvieron que llevárselo en ambulancia porque ya no podía caminar. Yo, un día dije basta y me vine para acá. Ya no podía más.

Gerard volvió a callarse y cerró los ojos. Continué acariciándolo. Lo acaricié todo el fin de semana, delante de su madre y delante de Montse, que también lo visitó. Me daba igual todo, solo quería tranquilizar a mi amigo y colmarlo de amor. Y el espectro espectador seguía mirando.

Cuando lo recuerdo no puedo dormir. Abro otra vez los ojos y miro las estrellas del techo. Me pasó durante años, me costaba un gran esfuerzo quitarme de la cabeza las últimas imágenes de Gerard con vida, si es que aquello podía llamarse vida, y del libro que tenía al lado y que iba leyendo a trozos. Me gusta mucho leer, creo que nunca te lo había dicho, me contó, pero ahora leo muy despacio porque se me cansa la vista. Quieres que te lea, me ofrecí. Me harías un gran favor, respondió con una sonrisa. Gerard era todo sonrisas, había llegado un punto en que todo le parecía maravilloso y me dijo que era feliz de tenerme a su lado. Era un libro de cuentos, de Pere Calders. Empecé a leer en voz alta. Durante la tarde del sábado y, a ratos, el domingo leí mucho. Gerard y el espectro escuchaban. Al final decidí sentarme en medio para que los dos me oyeran bien. El espectro no dijo nada, pero me sonrió.

Yo no solía leer. Solo había leído en la escuela porque me obligaban, pero no me gustaba tener que tragarme letras escritas cuando podía ir al cine o ver la televisión. Pero aquellos últimos días con Gerard en el hospital empecé a leer a la fuerza y, al terminar el primer cuento, oí un ruido extraño: el espectro se rió. Y Gerard me miró y también se rió y entonces yo también me reí, porque realmente lo que contaba el escritor en aquel relato era una absurdidad que, de tan absurda, resultaba divertidísima. Insistí con otro cuento, y los tres volvimos a reírnos. Fuimos avanzando poquito a poco y, cuando nos cansábamos, volvía a sentarme al lado de Gerard para acariciarlo, acariciarlo, acariciarlo. Él cerraba los ojos y sonreía, siempre sonreía. Era una cara que solo tenía unos ojos profundos y oscuros, una boca que sonreía y unas manchas que, cada día más, se le comían el cuerpo. El sábado me quedé a solas con él y el domingo fueron su madre y Montse. Los dejé solos un rato y aproveché para salir a tomar el aire. Había pasado una larga noche de fantasmas sentado en una silla incómoda. Eso sí, él había dormido plácidamente. El espectro también.

A media semana regresé un par de tardes y, de nuevo, el sábado por la tarde y el domingo. No vienes al pueblo, me preguntaba mi madre por teléfono. Sí, ya iré, es que estoy yendo al taller también los domingos porque tenemos mucho trabajo extra. Qué iba a decirle, Gerard exigía toda mi atención y, aunque me quedara en Ripoll, vivía y dormía con él, soñaba siempre con él y no podía pensar en nada más. Y, cuando estaba con él y leía a Calders y giraba la silla hacia el espectro y nos reíamos los tres era como si de repente el mundo se volviera de colores claros. Recuerdo especialmente el cuento «La conciencia, visitadora social», con el que al espectro le dieron convulsiones de tanto reírse. Convulsiones silenciosas. Gerard, más que reírse, sonreía todo el rato. Calders les alegraba la existencia a ellos y también me la alegraba a mí. Y el olor fatídico de aquella habitación se diluía en un baño de perfumes como los que vendía mi madre, como aquellos que, según ella, servían para hacer más agradable la vida de unas cuantas mujeres que decidían gastarse el dinero para oler bien. Nosotros nos gastábamos el pensamiento en Calders. Yo jamás habría imaginado que leer fuera tan apasionante. Cuando acababa una de aquellas historias, me moría por empezar otra y lo primero que quería hacer después de saludar a Gerard, besarlo y acariciarlo, era leer. El espectro estaba esperando, bien colocado para escuchar con atención. Y, a veces, también estaba Montse o la madre de Gerard, que tengo la impresión de que no entendía qué sentido del humor era el nuestro porque nos hacía gracia un cabeza loca que se tomaba las cosas más serias con la mayor frivolidad. Pero para nosotros, para todos nosotros, Calders era la mejor de las medicinas.

Gerard murió al cabo de tres semanas. Montse me llamó para contarme que en su casa le habían dicho que lo habían sedado. Acudí en cuanto pude. Mi amigo ya no me miraba, ya no me hablaba. Su padre estaba llorando en un rincón, el padre que había evitado verlo cuando sufría tanto y que ahora, en cambio, caía en la cuenta de que se le había ido un hijo. El espectro lo miró a él y luego a mí. En el trabajo dije que estaba muriéndose una tía mía y me dieron dos días libres. No habrían hecho falta, Gerard no tardó ni veinticuatro horas en morir. A su lado estábamos su madre, Montse, su padre lloroso y yo. Sus hermanos pequeños no sabían lo que tenía. Después les dijeron que había muerto y punto. Los que estábamos allí lo vimos dejar de respirar de pronto. Gracias a Dios, pensé en aquel momento. Gerard había dejado de sufrir.

Cada vez que me acuesto miro el libro de Pere Calders. Justo antes de que lo sedaran, Gerard escribió dentro, para Albert, a quien tanto he querido. Gerard sabía que me dejaba un regalo muy grande, que yo ni sabía que me había hecho. No era el libro, era el regalo de la lectura. Una compañía que, a partir de aquel momento y gracias a él, disfrutaría cada vez con mayor asiduidad. Una compañía que me arrancaría de mi soledad, porque al poco descubrí que, cuando lees, nunca estás solo.

No fui al entierro, no quise. No quería escaquearme más del trabajo, cierto, pero el auténtico motivo fue que no pintaba nada en aquella ceremonia. Nada. Pero sí que, antes de abandonar para siempre aquella habitación tras el cadáver de mi amigo, me acerqué al espectro y le cogí un momento la mano. Después le dije adiós y él me sonrió por última vez.

Era primavera, pero los días oscurecieron, como si un invierno repentino se hubiera comido el sol. No puedo decir que estuviera desesperado porque no lo estaba; desde que había visto a Gerard en el hospital en aquel estado solo deseaba que muriese de una vez, que dejara de ser aquel trozo de carne que ya no tenía nada que ver con mi amigo. Pero sentía una pena inmensa, una pena que lo devoraba todo y hacía que trabajara sin ganas, comiera sin ganas, durmiera sin ganas, sonriera sin ganas. Una pena que me duró mucho tiempo.

No hacía ni dos días que habíamos enterrado a Gerard cuando mi madre me telefoneó. Ay, Albert, ha muerto un antiguo compañero tuyo de clase, creo que no congeniabais demasiado. Con un sobreesfuerzo, me fingí sorprendido, qué me dices, quién. Gerard, me dijo mi madre, por lo visto pilló una neumonía y no la ha superado. Uf, exclamé. No os tratabais mucho, ¿no?, insistió ella para asegurarse de que la noticia no me había afectado. No mucho, no, la tranquilicé. Qué iba a decirle. Ella aún añadió, por lo visto vivía en Barcelona y no le sentó bien el aire de la ciudad porque empezó a encontrarse mal desde el primer día, que allí el aire está muy sucio. Ah, dije. No sabía cómo continuar la conversación. Cambié de tema, y vosotros, qué tal. Bien, a Annabel la vemos poco, pero no tan poco como a ti, ¿cuándo vendrás? Este fin de semana, prometí.

Fui y pasé un día con ellos. Aunque casi no salí de casa. No quería encontrarme con la familia de Gerard, ni siquiera con Montse. Todavía no. Quería estar a solas conmigo mismo, con mi tristeza. Sonreía a mi familia, pero cuando me encerraba en mi cuarto, sentía como si de golpe me hubieran arrancado las fuerzas y me tumbaba en la cama, no tenía ánimo ni para levantarme.

En cuanto pude regresé a Ripoll. Entonces cogí el libro de Pere Calders y acabé los cuentos que no habíamos tenido tiempo de leer en el hospital. Me parecieron apasionantes. Al cabo de unos días encontré otro libro de cuentos de Calders. Se parece al otro, le pregunté a la librera. Claro, Calders es siempre igual, me dijo. Y me lo llevé, y también me apasionó. Después bajé a Vic porque tenían mayor oferta de libros y pedí consejo para leer, qué podía interesarme, qué me gustaría. Qué has leído hasta ahora, me preguntaron. Calders, contesté. La librera debió de entender que era lo último que había leído en una vida de asiduo lector. En cualquier caso, me dio otro libro, que ahora no recuerdo y que también me gustó. Fue el primero de muchos. Empecé a leer como jamás había creído que podría llegar a leer. Y cada vez que veo el libro de Calders, *Crónicas de la verdad oculta*, con la dedicatoria de Gerard, soy más consciente de que el regalo que me hizo antes de morir fue efectivamente el antídoto contra la soledad.

Volví a visitar a la Virgen María al cabo de unos meses, pero ya un tanto escéptico y rencoroso. No me había ayudado y, por tanto, las condiciones de nuestra relación habían cambiado. Además, ya no estaba por los suelos. Con la lectura, el Gerard de las manchas y los ojos profundos y oscuros, el Gerard moribundo, empezaba a desdibujarse y en su lugar reaparecía, como un rayo de luz, el Gerard que me hizo feliz durante tanto tiempo. Retornaba a mi memoria la época que habíamos compartido, como la mejor de mi vida, y me parecía que podía sentir su presencia junto a mí cada vez que abría un libro. Gracias a los libros dejé de llorar y me empapé de la serenidad que aportan las letras. Gracias a los libros he ido construyendo en mi interior un jardín de sensaciones, que son las que me endulzan los días y las noches y que me han ayudado a entender que sin saber no se puede conocer. Y sin conocer no se puede amar.

Cuando volví a la iglesia del monasterio me costó distinguir a la Virgen y ya no me sentía cómodo hablando con ella. Le recriminé su actitud, por qué me has hecho esto si yo no he hecho nada para merecerlo, yo solo he amado a un hombre con todas mis fuerzas y me lo has arrebatado. Era cierto, empezaba a librarme del peso de la culpa por amar a otro hombre, que, al fin y al cabo, era una persona como cualquier otra. Y había amado tanto que estaba agotado. Le echo muchísimo de menos, le confesaba con los ojos llenos de lágrimas, esperando a que ella reaccionara y se me apareciera como en otros tiempos, en forma de una claridad que iluminaba todo mi campo de visión. Era cuando empezaba a levantar cabeza después de los días sin sol, cuando ya me había aficionado a la lectura, cuando Gerard ya no estaba muerto sino que vivía a mi lado y en los libros para siempre. Es curioso, le dije a la Madre de Dios, y yo sin saber que leía hasta que estuvo en el hospital. La Virgen no se inmutó. Al final, me sequé las lágrimas y me fui. Volví un par de veces más, pero después dejé de pensar que volvería a aparecerse.

De hecho, dejé de creer. Es decir, no sé si creía que existiera o no, y eso jamás se lo habría comentado a Nina ni se lo comentaré porque le daría un disgusto, ella me tiene por un devoto y la verdad es que, en el fondo, ni siquiera sé si soy creyente. Pero me da igual.

Adónde vas con tantos libros, comenzaron a preguntarme en casa, de dónde te viene la afición, si no te pega nada. Sobre todo mi madre y Nina me hacían comentarios de ese estilo cada vez que me veían entrar o salir cargado con los libros que sacaba de la biblioteca o compraba en las librerías. Después, una vez leídos, se los dejaba a Montse. Porque Montse también leía mucho.

Cuando acabó el curso en que murió Gerard regresé a casa. Me refiero a vivir. Recibí una oferta de un taller nuevo que abría en el pueblo y la acepté porque pagaban mucho más que en Ripoll. Nina todavía vivía en casa, se quedó hasta que terminó los estudios de enfermería. Annabel solo aparecía de vez en cuando, estaba prácticamente instalada en Barcelona. Yo no la conocía mucho. No me gusta hablar, pero al menos con Nina intercambiábamos unas cuantas palabras cuando íbamos a misa los domingos. Con Annabel, nada. Mi hermana mayor es de lo más extraña. Cuando terminó de estudiar se quedó en Barcelona y allí conoció a su marido, y los veo muy poco, igual que a mis sobrinos, que solo aparecen por Navidad y a pasar unos días en verano o en Semana Santa. Entonces ocupan la casa y meten a Ricard a dormir en mi cuarto y no tengo la intimidad que a mí me gusta, aunque intento disimular.

Con los padres de Gerard me saludo siempre de lejos. Al principio, vi a su madre unas cuantas veces vestida de luto riguroso, con el dolor reflejado en la cara, caminando con alguno de sus hijos, con aquellos chicos que creían que su hermano había muerto simplemente de una afección pulmonar y no habían podido visitarlo mientras estuvo ingresado. Qué pensarían. A mí me dolía mirarlos a la cara; uno de ellos, el mayor, tenía quince años, y se diría que sospechaba que algo fallaba en la explicación, que le escondían algo. Se le veía la duda en la mirada.

Vino el hermano de Gerard a preguntarme, me dijo Montse tragándose el humo del cigarrillo un día que estábamos sentados a la orilla del río. Y qué le dijiste. Pues le dije que no lo sabía, que preguntase en su casa. No sé si lo hizo, pero a mí no me dijo nada más. Pasábamos las tardes contemplando el agua y hablando de Gerard. A los dos nos consolaba y hasta nos reíamos un poco rememorando algunas anécdotas. Poco a poco, a fuerza de recordar a Gerard, fuimos trabando amistad. El chapoteo del agua del Ter adormecía nuestra pena y lentamente envolvía nuestro sentimiento de amistad. Y así durante años. A veces, si hacía mucho frío, si había niebla, íbamos a un bar a charlar, pero si no, nos gustaba acercarnos al río. Je, je, se reía Montse, ya está, todo el mundo cree que estamos saliendo. Antes se lo creían de Gerard y ahora, ya ves. Me reí un poco, creerán que no sabes vivir sin un novio y que, cuando se te muere uno, vas inmediatamente a por otro. Sí, seguro. Entonces se lo pregunté, tienes novio, uno de verdad, me refiero. Ella me miró a los ojos, dio una calada al cigarrillo y se mordió los labios antes de decir, está casado. Oh, me limité a responder. Montse me dijo, te he escandalizado, ¿verdad? Sonreí, Montse, me parece que tú y yo estamos curados de espanto. Me parece que sí, convino ella con otra sonrisa.

Nunca le pregunté quién era el hombre casado a quien

amaba, pero me percaté de que nuestra relación nos iba muy bien a los dos. En su casa y en la mía creían que salíamos juntos, igual que el resto del pueblo. Lo cual me ahorraba tener que dar explicaciones de nada y a Montse le servía de tapadera. De modo que cuando había gente nos arrimábamos.

Mientras, fui haciéndome a la idea de que me moriría. Me encontraba bien, no tenía ningún síntoma, pero sabía que un día u otro podía enfermar y ya no lo superaría. A pesar de ello, continué sin ir al médico. Solo hablé del tema con Montse, porque ella un día me preguntó. Y tú qué, me dijo, tienes que hacerte la prueba. Si tengo que morir, ya me enteraré cuando llegue el momento, le contesté con una sonrisa serena. Lo cierto era que, tras el pánico inicial, la idea de la muerte ya no me asustaba tanto. En realidad, qué es morirse, me preguntaba Montse, fumando con fruición un cigarrillo tras otro, con un filtro que manchaba de rojo carmín, solo un círculo cerrado. Me has salido filósofa, Montse, le decía yo, y la reñía por fumar tanto. Bah, nos seas pesado, pareces mi padre, que siempre está igual. Me callaba para no parecer su padre, pero la verdad era que mi amiga estaba ensuciándose los pulmones de mala manera.

Montse había dejado de estudiar al acabar la educación básica, como tantos otros en el pueblo. Pero después de dedicarse a cuidar niños durante unos años, decidió que se había equivocado. El año que viene volveré a estudiar, me dijo, y lo haré sin dejar de trabajar, así que no podremos vernos mucho porque iré de cabeza. Me supo mal pensar que me quedaría sin mi compañera, ya inseparable. Y aunque seguimos viéndonos a ratos los fines de semana, no era lo mismo. Montse entró en la universidad y empezó a estudiar medicina. Quiero intentar arreglar esto del sida, me dijo, y se le borró la sonrisa de la cara. Se había acordado de pronto de Gerard, como yo lo recordaba a menudo, aunque ya desdibujado en el recuerdo. En el pueblo se produjeron más casos de sida. Naturalmente lo dedujimos Montse y yo, y algún otro lo sospechaba, pero de cara a la galería las muertes habían sido causadas por afecciones pulmonares. Por aquel entonces la vida era así, estaba plagada de secretos y misterios, de palabras a medias y miradas con doble sentido que había que saber interpretar.

Si estudias medicina tendrás que dejar el tabaco, le señalé un día a Montse. Tienes razón, dijo, mirándose el cigarrillo entre los dedos con aire de ir a tomar una gran decisión en aquel preciso instante. Y lo dejó. No sé cuándo ni cómo, y tampoco me contó si le había costado poco o mucho. El caso es que ya hace mucho que no la veo fumar. Todo cambia, todo evoluciona. Y, con el humo de los cigarrillos, en muchas ocasiones también desaparece poco a poco el intenso dolor de los recuerdos más duros.

Y yo pensaba que tenía que hacer algo si al final enfermaba, algo que me permitiera no sufrir tanto tiempo en un hospital con el cuerpo cubierto de manchas. Cogía algunos resfriados y cada vez pensaba, estás listo, Albert, esto es el final. Pero después, misteriosamente, resucitaba y retomaba la vida y volvía a empezar el trabajo en el taller y mi entorno familiar, amable pero alejado de mí, y las sesiones silenciosas frente al espejo tratando de alcanzar el éxtasis. Estaba harto. Necesitaba más.

En el pueblo no había nadie que se interesase por mí. Me daba cuenta de que otros eran como yo, los detectaba de lejos, había un par que habían ido al colegio con Gerard y conmigo, pero por lo visto todavía no se lo habían confesado ni a sí mismos, todavía tenían que pasar por la fase del espejo y por aquello de decirse, soy homosexual, porque mira que cuesta decírtelo, sabes que estás lanzándote de cabeza a un mundo repleto de complicaciones, el de los mariquitas, pero no tienes otro remedio, la naturaleza te empuja a ello, las cosas son como son y punto. Y es que desde la homosexualidad ves la vida diferente y eso no lo cambias por nada. Parece que tengas ojos en el cogote o en algún lugar donde los hombres heterosexuales no tienen. Unos ojos que te permiten ver más allá de lo que se percibe a primera vista. Unos ojos que te permiten ver el mundo oscuro.

El mundo oscuro del pueblo era el mismo que, empezaba a darme cuenta, dominaba toda la comarca. Era un mundo plagado de angustias y contradicciones, un mundo de personas que no habían podido enfrentarse a como eran de verdad y llevaban una doble vida, un mundo que, pese a todo, no podía evitar que me excitara los sentidos, un mundo prohibido lleno de casados insatisfechos que compraban favores jugando al escondite en rincones que nadie más sabía que existían. Era un mundo que todavía existe, un mundo que se mueve en paralelo al de la claridad donde todos fingen ser lo que no son. Un mundo que por aquel entonces era peligroso y que probé hace mucho tiempo, pero solo para calmar los instintos y antes de saber que existía lo que me había contado Gerard en una capital donde nadie tenía nombre y, por tanto, no había culpables.

En el pueblo tenía un pretendiente que se movía como una anguila en aquel mundo de depravación comarcal. Era el cura que habían inhabilitado de sus funciones y que, cada vez que me veía, se estremecía de los pies a la cabeza e intentaba acercarse, a pesar de que nunca se lo permití. Pensaba en Gerard y en todos aquellos niños de la catequesis y me daba asco, por mucha necesidad que tuviera de contacto humano y de sexo, y me alejaba nada más verlo. Entonces fue cuando comencé a frecuentar los locales de Barcelona, alguno que Gerard me había contado que visitaba y otros muchos que empezaban a proliferar como setas. Lo hice sin prisas ni angustias, y así me quité de encima la necesidad imperiosa de vivir en aquel ambiente enrarecido de la comarca, tan poco recomendable. Cierto que en ocasiones, a media semana, me sacudía la llamada de la sexualidad, pero nunca experimenté aquella desesperación que Gerard decía sentir o que me parecía captar en el cura inhabilitado. Iba a Barcelona cargado de preservativos para disfrutar de un rato de ocio. A aquellos locales acudían toda clase de hombres, algunos de los cuales prefería ver solo de lejos. A otros, los intuía enfermizos. Y, en general, reinaba un ambiente de angustia y pánico a la enfermedad, sobre todo cuando comencé a ir yo. Después, la cosa empezó a relajarse.

Y yo ni enfermaba ni me moría. Pasaron más de veinte años y, claro, fui envejeciendo. Me parecía curioso no caer enfermo, pero los médicos insistían una y otra vez en entrevistas y artículos que podía transcurrir mucho tiempo hasta que ocurriera. Me había acostumbrado a esa espera que me alentaba a tomarme cada día como si fuera el último. Eso otorgaba un valor extraordinario a cada hora, a cada minuto, a cada segundo. Y, entre otras cosas, no quería irme al otro barrio sin haber recuperado todo el tiempo que había perdido sin leer. Así que, cuando no estaba en el taller ni en Barcelona, leía, leía y leía. Y así pasaba horas, días, meses, años. Y todavía hoy, no puedo pasar sin leer.

Hasta que un día, como si fuera un milagro, anunciaron

los antirretrovirales. Caí de rodillas en el suelo de mi cuarto cuando lo oí en la radio. Hacía años que me había olvidado de la Virgen María, ya no la tenía en cuenta, pero la verdad era que aquello merecía una mención especial, gracias, le dije, gracias porque aunque no te haga caso, me sigues cuidando. Y pensé que tal vez, al fin y al cabo, la Virgen me había cuidado todos aquellos años sin que yo me diera cuenta. O quizá no, quizá solo me lo imaginara. En cualquier caso, ni la Virgen ni nadie me había acercado a lo único que de verdad podría haber sofocado mi fuego, el fuego que me abrasaba el alma: el amor verdadero. Mi única posibilidad de ser feliz desapareció con Gerard.

Están apagándose las estrellas del techo. Tal vez sea mejor que cierre los ojos, que duerma. Hoy no he leído, no habría podido concentrarme, y eso que a mi lado, en la mesilla de noche, tengo, además del Calders de Gerard, *El idiota* de Dostoievski, que me está sorbiendo el seso: «Sois inocente y en vuestra inocencia radica toda vuestra perfección», le escribe al príncipe Myshkin la mujer de sus sueños.

Yo todavía no sé si soy inocente.

Por fin se me cierran los ojos. En lo último en lo que pienso antes de dormirme es en las palabras del médico cuando, después de todos los análisis que me mandó, me dijo con una expresión más bien extraña, a ver, quién te ha dicho que estabas infectado, yo te veo perfecto. Estás como una rosa. Uf, tanto sufrir para nada.

Nina

Se ve que de pequeña era muy mona y le gustaba a todo el mundo. Mi madre me decía que no me hacía falta hablar porque ya hablaba con los ojos y yo, cuando tenía cuatro o cinco años, recuerdo haber intentado poner en práctica lo que ella me decía, o sea, hablar con los mayores a través de la mirada. Con los niños como yo no, claro, porque los niños como yo no estaban para andar mirándole los ojos a nadie. Pero con los mayores, sí. Así que me plantaba delante de algún adulto y lo miraba fijamente intentando decirle sin hablar, cómprame un helado de chocolate, por favor. Y aquel adulto, en lugar de comprarme un helado de chocolate, decía, qué guapa eres, Nina, me hacía cuatro carantoñas y se iba. Yo creía que en aquel sistema de comunicación fallaba algo porque, si no me servía para obtener lo que más me interesaba, no tenía ninguna gracia. En algún sitio había un error. Lo intenté varias veces con diversas personas y nada. Al final, fui a hablar con mi madre y le pregunté, por qué dices que hablo con los ojos. Y ella me miró con una sonrisa enorme, una sonrisa melosa y tierna como las que solo mamá sabía esbozar, y me contestó, porque es verdad. No es verdad, repliqué, enfurruñada. Sí, insistió riéndose, por ejemplo, ahora sé que estás enfadada porque nadie te entiende, solo yo. Me quedé boquiabierta, preguntándome cómo lo habría adivinado mi madre. ¿Ves?, siempre acierto lo que dices, concluyó con actitud triunfante. Y los otros por qué no, pregunté. Mi madre me rozó la punta de la nariz, porque hay muy poca gente que sepa leer en los ojos ajenos.

Sería eso, y a partir de aquel momento comprendí por qué nadie me entendía pero mamá sí, por qué no necesitaba decirle las cosas. Mi madre me miraba a los ojos y sabía lo que ocurría. Con el paso del tiempo, la interrogué un poco más, ¿también adivinas lo que piensan los demás? Mi madre se reía cuando le hacía preguntas de esas, tiene que interesarme mucho saber lo que piensan y, claro, además tengo que conocerlos, si no, no adivino nada. Ah, muy bien, había respondido yo otra vez boquiabierta. Pero por entonces estaba entrando en la adolescencia y hacía preguntas más comprometidas, oye, ¿también te interesa lo que piensan papá, Annabel y Albert? Pues claro, dijo ella, son mi marido y mis hijos. Pero no me pareció muy convencida, me lo dijo como de pasada. Después se puso un poco nerviosa y añadió, pero si intuyo algo feo en sus ojos, entonces prefiero no mirarlos. Algo feo, no sé a qué se refería exactamente, pero no me atreví a preguntar más. Mi madre se frotó un poco la nariz y se marchó. A veces lo hacía, cuando hablaba conmigo, y me recordaba a la serie de televisión *Embrujada*. Además, llevaba el pelo igual que la protagonista, una melena ahuecada con las puntas hacia fuera. ¿Y si mi madre era una bruja buena, una bruja como la de la tele? Las brujas no existen, Nina, me dije un día en voz alta. Pero no me hice demasiado caso, no me creí nunca del todo lo que acababa de afirmar con aparente rotundidad.

Mientras, iba creciendo. Con aquello de que hablar con la mirada me tenía desconcertada, hablaba muy poco con la boca. Siempre he hablado poco con la boca. Prefiero que hablen los demás, y los escucho y los observo. Me gusta observar y analizar. Y también escuchar a los pacientes, que siempre me cuentan mil historias.

Esta mañana hace sol. Enterraremos a papá con una luz que lo ilumina todo. Será una buena despedida. Pobre papá, nunca nos entendió, ni a mamá ni a mí. De hecho, Albert y Annabel tampoco nos entendieron nunca a ninguna de las dos y continúan sin entenderme. Mis hermanos son de lo más normal. Bueno, Albert es homosexual, pero eso entra dentro de la normalidad. Lo que no entra dentro de la normalidad es que no se lo diga ni a la familia. Lo esconde como si fuera vete a saber qué. Y mira que aquí hay unos cuantos homosexuales y algunos fueron a clase con él. Pero a ellos se les nota más. En Albert, en cambio, cuesta verlo, es muy masculino, no dirías que es homosexual porque se vista, camine o hable de un modo particular. Sin embargo, como suele pasar, lo sabe todo el pueblo. Y también como suele pasar, nadie comenta nada. Los pueblos son así, los grandes secretos discurren como un riachuelo silencioso bajo la pasarela por la que transitan los peatones. Pero que a estas alturas los homosexuales crean que su condición sexual es un gran secreto es no enterarse de nada. Y mi hermano, pobre, no se entera.

Me visto de negro. Aquí se hace así. Por un lado, si me vistiera de colores, las malas lenguas pasarían semanas criticando mi vestimenta en voz baja e incluso le pondrían mala cara a Albert, que es el que vive aquí. Por otro lado, forma parte de mi papel en esta función que es la vida, el que escogí yo misma hace un montón de años. Eso sí, me pintaré un poco y me pondré *eau de toilette* porque si no la muerta voy a parecer yo.

Una de las primeras cosas que observé desde mi mundo de miradas y silencios fue que, al mismo tiempo que todos me tenían por buena niña, también me tomaban por una gran devota. Esta criatura es celestial, decía el cura de antes. El cura de antes me había tocado. Poco, pero me había tocado. Dicen que era homosexual. Yo, la verdad, creo que le iba todo, y muy especialmente todo lo que fuera menor de edad. No estoy ni impresionada ni traumatizada por el hecho de que un día aquel hombre me dijera, ven, bonita, que te mostraré lo limpio que tiene que estar tu cuerpo para agradar a Dios. Tampoco estoy impresionada ni traumatizada por que me pusiera la mano en el sexo por encima del vestido y me dijera, por aquí no tiene que pasar nada, no puede entrar nadie, y frotase un poco y luego retirase la mano de golpe y dijera, vete, vete, mientras yo oía su respiración pesada. No estoy traumatizada pero sí impresionada de que aquel hombre tan sucio y asqueroso después fuera capaz de darnos la primera comunión a todos los de mi generación y nos soltara un sermón diciéndonos que no nos dejáramos tentar por el diablo. Yo, arrodillada, lo miraba con el rabillo del ojo y pensaba, tal vez haya frotado el vestido de todas las niñas. En aquellos momentos el sexo no me importaba, era demasiado pequeña y aquello no era más que una parte del cuerpo y por eso solo me pareció extraño que me la frotara y nada más. Al cabo de un par de años lo pillaron en el escándalo aquel de la catequesis de la generación inmediatamente posterior a la mía, porque si a nosotros nos tocaba por encima de la ropa, a los de después les hizo subirse la falda o bajarse los pantalones, los calzoncillos o las bragas, y eso sí que los traumatizó. Tanto que la noticia llegó a los padres y se organizó una buena. Cuando mi madre se enteró, me miró a los ojos con aquella cara que ponía cuando jugaba a adivinarme el pensamiento. Entonces me preguntó, a ti también te ha tocado, ¿verdad? Me callé. Me sacudió, qué te ha hecho exactamente, qué te ha hecho. Esa vez opté por expresarme con palabras, nada, me frotó un poco por encima del vestido, aquí, le dije, mientras señalaba el lugar exacto con la mano. Y nada más. Mi madre estudió mi cara y debió de verme fresca como una rosa porque no la noté preocupada. Pero enfadada sí. Cogió el abrigo, se fue y regresó al cuarto de hora. Cuando me acerqué, me dijo en voz baja, le he dado un guantazo que no olvidará mientras viva.

Mi madre, previendo la impunidad eclesiástica del cura pedófilo, se había tomado la justicia por su mano. Estoy segura de que, si la experiencia me hubiera traumatizado más, habría llevado al párroco a los tribunales con escasas posibilidades de éxito, porque por entonces esas cosas no eran como ahora. Pero como no me afectó mucho lo que me hizo, lo solucionó así, con un bofetón. Cuando después lo veía caminar cabizbajo antes de morir, arrastrando los pies y apestando siempre a alcohol, me parecía verle la mano de mi madre marcada en la mejilla. Quizá fueran imaginaciones mías, pero es que mi madre, cuando se ponía, pegaba fuerte. En los últimos tiempos, aquel desecho pecador que había herido para siempre a tantos niños sensibles, de seis y siete años, parecía un alma en pena. No sé cómo tuvo el valor de regresar al pueblo después de lo ocurrido.

Ya me he arreglado. Me miro al espejo y pienso que mamá estaría orgullosa de mí. Si sigues las convenciones, podrás hacer siempre lo que quieras, me decía. Y es que, mirándome a los ojos, había descubierto enseguida que yo era un poco como ella.

Yo, la verdad es que al principio no pensaba seguir ninguna convención, simplemente me dejaba llevar. Hacía lo que tocaba y me gustaba hacerlo. Y, cuando tomé la primera comunión, me pareció tan mágico todo lo que me explicaban en catequesis que decidí convertirme en santa. Cuando me contaron que muchas habían pasado por grandes martirios, la santidad ya no me hizo tanta ilusión, pero de todos modos le pregunté a la catequista que en aquellos momentos ayudaba al cura de los tocamientos si existían santas que no hubieran sufrido martirio. Me dijo que sí, que por supuesto, que la única condición para ser santa era hacer milagros, antes o después de muerta. Es exactamente lo que juraría ante cualquiera que me dijo la catequista cuando me preparaba para recibir la primera comunión. No me habló ni de creer ni de buenas obras ni de nada más. Solo de hacer milagros antes o después de muerta. De hecho, todavía no he realizado ningún milagro, pero aún tengo tiempo. Y si no, ya haré alguno después de morir, que si los otros santos han podido, no veo por qué no habría de poder yo.

Así pues, cuando tomé la primera comunión ya tenía un objetivo: convertirme en santa. Al verme con aquel vestido blanco y largo de miriñaque que se balanceaba como una campana al caminar y aquellos tirabuzones cargados de lacitos de terciopelo también blanco que movía por el aire agitando la cabeza, me dije, Nina, vas por buen camino. Porque tal vez todavía tuviera que ganarme la santidad, pero el aspecto de santa ya lo tenía. Además, coloqué las manos como si rezara y, cuando pasé entre la gente por el pasillo de la iglesia, oí como todo el mundo exclamaba, qué bonita, Nina es la más guapa, y mira qué vestido, si parece un angelito, y no sé cuántas cosas más. Y así entré en la vida de la conciencia con una idea muy clara de que quizá mi madre tuviera razón en lo de las convenciones.

Me pongo una cadena que tengo con una cruz. Es importante para ir al cementerio. Con unas cuantas sonrisas tendré a todo el pueblo satisfecho con mi comportamiento y también a mis hermanos, que siempre intentan protegerme de los reveses de la familia porque creen que no lo soportaré.

Dejé de creer en figuras celestiales a los catorce años. Toda la panda de ángeles que me imaginaba rodeando a Dios y a la Virgen María en el cielo y el demonio rabón que los contemplaba desde el infierno se cayeron del pedestal y pasaron a parecerme imposibles. Mi madre me miró, qué, ya no crees en nada, ¿verdad?, me dijo antes de que yo hablara, como siempre. Negué con la cabeza. Es igual, me aseguró, fíngelo, te irá muy bien en la vida, no cuesta nada sacrificarse un poquito e ir a misa los domingos cuando estés aquí y, si puede ser, al rosario, y así mantendrás la imagen de santa que tienes entre la gente del pueblo y entre tus hermanos, que a la larga te será útil. Entonces fui yo quien la miró a los ojos y no necesité preguntar, porque vi que ella tampoco creía en nada. Mi madre solo era bruja y leía las miradas. Cómo es que querías meterte a monja, le pregunté. Suspiró, quería irme de casa, tus abuelos me tenían atada de pies y manos y pensé que en el convento sería más libre. Me miró, sí, hija, sí, es lo que pensaba y realmente las monjas me tenían menos controlada que mis padres. Es que yo, en fin… Calló un instante y desvió la mirada, temería que le leyera los ojos. Al final se decidió, es que me gustaba mucho ponerme colonias y perfumes, irme a Vic con los amigos, y allí había chicos y, bueno, a mis padres no les gustaba un pelo que fuera así y al final me vigilaban siempre y no me dejaban salir de casa. Y pensé que sería más fácil escaparse de un convento que de casa de mis padres. Y así fue. Yo seguí callada porque no necesitaba preguntar, estaba claro que mi madre tenía ganas de hablar y, entre risas, añadió, tu padre vino a buscarme una noche al patio del convento, saltó el muro, imagínate. Mi madre no paraba de reírse, cuando vi de lo que era capaz me dije que aquel hombre era para mí y que ya tenía salida en la vida porque ya no necesitaba quedarme en el convento, había encontrado al hombre perfecto.

El hombre perfecto de mi madre era el que había saltado el muro. Cuestión de gustos, pensé. Y pregunté, tú también saltaste el muro para fugarte. Ah, no, respondió con una sonrisa traviesa. El patio tenía un porche y de noche no había nadie, fue muy divertido. Mi interrogatorio continuó, ¿ibas de novicia? Sí, me respondió, de blanco, ya sabes. Doña Inés, pensé, recordando las lecturas escolares, y me la imaginé corriendo de puntillas bajo la luz de la luna, escapándose de la celda, esperando al hombre perfecto que saltaba el muro y después refugiándose con él en un rincón y dejando que le quitara el hábito. Mi madre, que estaba manipulando perfumes, como siempre, me puso uno en una cajita al tiempo que me miraba de reojo y, tras una breve pausa, dijo, hasta que tuvimos que casarnos a toda prisa. Por Annabel, apunté, sin inmutarme. Exacto, por Annabel.

Y Annabel sin saber que la engendraron en el porche de un convento. Ya me gustaría a mí. Eso sí que es un buen comienzo para convertirse en santa con todas las de la ley.

—¿Vamos, Nina?

—Sí, ya voy…

Mis hermanos me esperan junto a la puerta. Me pongo los zapatos, de tacón discreto, de tacón de santa, cojo el abrigo y salgo. Les sonrío, con una de esas sonrisas que sé que los encandila. Los tres salimos y ponemos rumbo a la iglesia. El funeral es a las once y llegamos un cuarto de hora antes. Allí nos espera la familia de Annabel. Mis sobrinos nos sonríen. Nos besamos y decimos lo que suele decirse en estas ocasiones:

—¿Cómo va todo, Cèlia?

—Bien… estudiando.

—¿Y tú, Ricard?

—También, estudiando…

—Ya, eso dice, pero…

—Anda, calla, Cèlia, es verdad, estudio mucho…

Les sonrío y Cèlia me da un sonoro beso en la mejilla.

—¡Eres la tía más guapa que tengo! —exclama sin poder evitarlo.

También lo dijo hace un par de días, cuando vino a despedirse de papá. Siempre me lo dice, y yo siempre le pellizco la mejilla sin hacerle daño, que sé que le gusta.

El otro Ricard, mi cuñado, también se acerca e intercambiamos algunas palabras. Son por cumplir, por darnos conversación mutuamente en una situación que a los dos se nos hace extraña. Mi padre siempre había sido una especie de espectador mudo de nuestras conversaciones y comentarios, casi no decía nada, era tan silencioso como Albert. Ahora continuará siendo un espectador mudo, pero además será un espectador sin vida, lo que cambia las cosas.

Hoy no hay niebla, solo un poco de viento del norte que

ha limpiado y refrescado el ambiente. Pero nos ha quitado la incomodidad de la pasta blanca que nos envuelve todo el invierno. Miro alrededor y veo que la gente se nos acerca:

—Lo siento mucho...

—Mi más sentido pésame...

—Nina, cielo, todos lo queríamos muchísimo...

De pronto oigo un hola a mi espalda. Me giro y veo a Joanet. Le agarro del brazo y nos alejamos un poco. Empieza a hablar:

—Perdona por lo de ayer, es que... No sabía cómo tomármelo y...

—¡No pasa nada!

Estoy contenta de que me lo haya dicho. Le doy un beso y regreso con todos los que quieren darnos el pésame y besos y preguntarnos cómo ha pasado, como si ayer no nos hubiéramos hartado de explicarlo. Estoy tranquila, ya no tengo el peso en la conciencia que me había dejado Joanet.

Y, hablando de pesos, ahí llega la caja. Dentro va el cuerpo de mi padre. No puedo evitar pensar, una vez más, en el hombre perfecto que saltaba muros para rescatar a novicias. Al principio no conseguía imaginarlo haciendo algo así. Después, todo cambió. El día que papá se destapó, empecé a ver las cosas de modo diferente, muy diferente. Sea como sea, cuando llega el malogrado protagonista del acontecimiento del día se impone el silencio. Aunque hacía días que sabía que estaba muy mal, aunque sabía que no saldría de esta, me arranca una lágrima ver la caja de madera tan brillante, con la cruz encima, y me pregunto qué hacemos aquí, en la iglesia, si papá no había entrado jamás. Las convenciones, diría mi madre. Pues sí, será eso. Entro con mis hermanos detrás del ataúd y, a nuestra espalda, se oye un murmullo sordo. Nos sigue todo el mundo, el pueblo entero, cuando muere un vecino tiene que acudir una representación de cada casa.

Hoy me da no sé qué sentarme en primera fila. Y mira que, en misa, Albert y yo siempre nos sentamos ahí, siempre. Pero hoy es distinto, hoy no es una misa, sino la despedida de un ser querido. De una persona a la que no prestábamos mucha atención, pero que sabíamos que estaba presente y que un día nos daría una sorpresa, como la de ayer.

Yo siempre pensaba en mis padres como en el hombre perfecto y la bruja buena. A veces, mamá volvía de las compras y me decía, tal persona piensa tal cosa. Y cuando le preguntaba si se lo había dicho la persona en cuestión me respondía que no, que se lo había visto en la mirada. Y siempre acababa confirmándose lo que me había dicho. No me lo podía creer. Esos secretos solo me los contaba a mí, con mis hermanos se limitaba a ejercer de madre. Y todo, desde los tocamientos del cura.

Cuando tenía quince años, mi madre me pidió que trabajara a ratos en la perfumería. Le caes bien a todo el pueblo y así ganarás un dinerillo, qué te parece. Dije que me parecía bien. Realmente era una oportunidad para ahorrar un poco. Mi madre quería que trabajara un rato los miércoles por la tarde. Así yo puedo salir a hacer recados, me dijo. De acuerdo, accedí. Me dio unas lecciones sobre colonias y perfumes y fui buena alumna, porque lo aprendí todo enseguida. A partir de aquel momento, pude hablar con propiedad y aprendí a decir *eau de toilette* y *eau de parfum*. Mi madre me explicó las marcas y las líneas, cuáles eran más fuertes, cuáles eran más suaves, cuáles eran para la gente mayor y cuáles para los jóvenes. Decía Paco Rabanne *pour homme*, y Nina Ricci alargando mucho la i y Chanel N.º 5 añadiendo, el de Marilyn, con una sonrisa maliciosa y guiñando un ojo, y entonces la clienta sonreía como si lo hubiera entendido y a menudo compraba el perfume, es curioso lo que vende eso de imaginarse las gotas sobre el cuerpo desnudo de la Monroe. Mi madre continuó, de todos modos estás aquí para sustituirme y, por tanto, no es necesario que sepas exactamente lo que ofreces, ya irás aprendiendo, si quieren consejo, les dices que vuelvan al día siguiente o me llamas a casa. Con que seas amable basta. Y, si te piden un perfume o una colonia que no tenemos, lo apuntas y dices que llegará el mes que viene, que no sufran, que lo añadiremos al catálogo. Mi madre era así de decidida cuando hablaba conmigo. En cambio, no lo era cuando hablaba con mis hermanos. A ellos los acariciaba todo el día. A mí me acariciaba el resto de la humanidad. Ah, si todo el mundo fuera como tú, me habían dicho más de una vez. Y yo me callaba y sonreía, como siempre.

La tienda había cambiado mucho. Me acordaba de que, cuando era pequeña y la regentaba la abuela, era solo un local estrecho y oscuro con unos cuantos frascos y peines. Todo el mundo lo llamaba perfumería, pero no tenía nada de perfumería. Cuando mi madre cogió el timón, compró el local contiguo, tiró la pared medianera y agrandó la tienda. Y sí, continuó vendiendo peines, pero sobre todo perfumes franceses, que se convirtieron en la especialidad de la casa. Poco a poco empezaron a acudir mujeres del pueblo, mujeres de la comarca y hasta veraneantes de Barcelona que decían, sabes qué, Isabel, prefiero comprarte a ti, que tienes mejores precios, cómo te las apañas. Ah, es que no puede ser que todo esto salga tan caro, respondía mamá, y como no lo necesito para vivir, os hago más descuento. Les dedicaba una sonrisa embrujada y, hala, todas encantadas. Yo iba aprendiendo y, aunque había empezado en el negocio algo perdida, pronto comencé a apañármelas sin problemas. Más adelante, mi madre me dejó trabajar también en verano o cuando no tenía que estudiar. Y ella iba a hacer encargos a Vic, que era lo que más le gustaba. Hasta que un día se rompió una pierna.

Todavía la veo en aquella habitación de hospital con la pierna levantada, a punto de entrar en quirófano, porque se la había fracturado muy mal y de la manera más tonta, o sea, bajando las escaleras. Mi madre, aparte de intentar soportar el dolor que le provocaba el hueso roto, estaba muy angustiada. Nina, tengo que hablar contigo, me dijo en cuanto me vio. Me cogió del brazo y me miró a los ojos, escúchame bien, Nina, pon un cartel en la tienda que diga que esta semana estará cerrada por enfermedad o algo similar. Y mañana por la tarde tendrás que hacerme un favor. Me apretó el brazo, me hizo daño, así que comprendí que iba a contarme algo muy importante. Mañana, a las cuatro, tienes que estar en Vic, en el bar de la estación, y en la barra verás a un chico de unos veintisiete o veintiocho años que estará esperándome. Es francés, se llama Dominique. Yo abrí los ojos como platos. Mi madre continuó estrujándome el brazo. No pongas esa cara, niña, tendrás que adivinar quién es, pero puedo decirte que tiene el pelo negro y es alto, atractivo y con buena planta, y estará bebiendo naranjada. Le dices lo que me ha pasado y que te mando yo. Le pides por favor que te lleve la mercancía al pueblo porque tú no conduces, que luego le pagarás, y le pagas, ten. Con la mano libre abrió un cajón de la mesilla y me dio un sobre gordo que deduje estaba lleno de billetes. Mi madre me advirtió, ve con cuidado, que es mucho dinero. No hacía falta que lo dijera, saltaba a la vista. Continuó, una vez en el pueblo, dejas la mercancía en la trastienda. Asentí, estaba clarísimo. Después me llamas y me cuentas, ¿de acuerdo? Volví a asentir.

Miro la caja que contiene el cadáver de mi padre y pienso que no supo nunca que mamá se dedicaba al contrabando de perfume, como no lo supieron ni Annabel ni Albert ni nadie. Yo, que podía fingirme muy convencional pero no tenía un pelo de tonta, lo entendí en cuanto mamá dijo francés y mercancía en la misma frase. A partir de aquel día empecé a comprender por qué rebajaba tanto los precios, por qué sus *eaux de toilette* y *eaux de parfum* eran más baratas que las que vendían en otros comercios. La clave era lo que le traía, una vez al mes, un hombre que venía de Francia, un hombre llamado Dominique.

Lo conocí al día siguiente. Fui a la estación de Vic temblando de emoción. No todos los días te encomiendan una misión tan interesante. Pensé que me encontraría a un hombre que me hablaría por señas o por lo bajo, atento a que nadie lo viera, pero en cambio me encontré a un tipo que, cuando supo que era la hija de su clienta, me abrazó y me dio dos besos y me dijo, *tu es très jeune et très jolie*, y cuando le expliqué que no sabía nada de francés, solo *eau de toilette*, me lo tradujo al instante. Chapurreaba castellano, y también italiano y portugués, según me dijo. Es lo que tiene hacer negocios, dijo. Y no tuvo inconveniente alguno en acompañarnos a mí y a la mercancía hasta el pueblo.

Dominique tenía un aspecto fantástico. Me bastó verlo bebiéndose una naranjada para que se me despertara una pasión que nadie en el pueblo me había despertado, porque a mi alrededor eran todos muy aburridos y muy críos. En cambio, él tenía un no sé qué que lo hacía deseable a primera vista. Con casi dieciséis años yo todavía era virgen, pero empezaba a apetecerme dejar de serlo. Claro que con mi imagen de santa era muy difícil, pero, mira tú por dónde, con aquel chico no me importaba sacar adelante el tema. De todas formas, él no parecía interesado en nada más que en transportar la mercancía a la trastienda. O sea que esta es la tienda, dijo, admirado, cuando se la enseñé. No sabía si se la podía enseñar, pero como no había recibido ninguna prohibición de mi madre en ese sentido, pensé que no tendría nada de malo enseñarle la tienda a un contrabandista, al fin y al cabo la persiana estaba echada y nadie podía vernos. *Très bien, très bien*, repitió unas cuantas veces mientras lo observaba todo. Y después salimos juntos. Colgué el cartel de cerrado por enfermedad y él se fue a Barcelona porque, según me había explicado, tenía trabajo antes de volver a Francia. Antes de irse me miró a los ojos y me dijo, dile a tu madre que te deje volver a ti, que ya te traeré en coche, no te preocupes. Me olió y dijo, hueles muy bien. Me sonrió, y perdí el sentido. Es que era de natural enamoradiza. Le vi alejarse y volví a casa con la cabeza en una nube, a telefonear a mamá al hospital. Hecho, le dije. Y se quedó la mar de tranquila.

A partir de aquel día no me olvidé nunca de ponerme la colonia que le gustaba a Dominique, o sea, la que nos regalaba mamá. De hecho, mi madre insistía en que Annabel y yo usáramos aquella *eau de toilette* suavísima que nos llevaba a casa y que decía que resultaba muy agradable para la gente de alrededor. Y también decía, en broma, que atraía a los hombres. Pues debía de tener razón.

Al mes siguiente mi madre ya se encontraba bien, pero todavía no podía conducir. Ya voy yo, me ofrecí, no te preocupes, tienes que recuperarte. Y volví a la estación de Vic. Esta vez me arreglé lo mejor que supe. Arreglarme significaba salir de casa como siempre, con aquel aire de no haber roto nunca un plato, el mismo que tengo ahora, y una vez en Vic, cambiarme de zapatos y pintarme los labios y los ojos. Y, después, pintarme también una sonrisa insinuante para reunirme con Dominique. Él me esperaba en el bar de la estación con la naranjada. ¿Quieres que telefonee?, le había propuesto a mi madre quince días antes. No tiene teléfono, me dijo, en caso de algún cambio, hay que enviarle un telegrama a un apartado de correos de Lyon, así que no hace falta, ve a verlo el mes que viene y ya está, él nunca falla. Él, aquel hombre tan atractivo, estaba otra vez en el taburete y, cuando vio que era yo, volvió a dedicarme una sonrisa que me encandiló. Contrólate, Nina, me ordené. No podía ser que, por culpa de una debilidad sentimental, perdiera mi capacidad de autocontrol y de control del mundo entero. Me aproximé balanceando un poco las nalgas y le di dos besos. Me preguntó por mamá. Pues está mejor, contesté, pero todavía no se ha recuperado del todo y no puede conducir, tendrás que llevarme al pueblo, si puede ser. Claro que puede ser, me dijo. Entonces me atravesó con la mirada y me dijo por lo bajo, por mí puedes venir siempre tú. Y me eché a reír con una coquetería salida de no sabía dónde aunque es cierto que la había empleado otras veces con los chicos que conocía de Vic, pero no con aquella intensidad y aquella intencionalidad. Vamos, me dijo. Y fuimos hacia el coche, yo caminando a su lado sobre los tacones de aguja y él, ondeando la gabardina larga y oscura de cuello alto. Formamos una pareja perfecta, pensé.

Me llevó al pueblo y, otra vez, teníamos que meter la

mercancía en la trastienda. Espérate a que no haya tanta gente, le dije. Por qué, me preguntó, son solo cajas, podría ser cualquier cosa. Nunca se sabe, respondí con aire misterioso. En realidad, mi problema y mi preocupación no eran las cajas de contrabando sino que me vieran vestida de un modo poco convencional. No se me había ocurrido y ahora me encontraba al lado de casa vestida como una cualquiera, maquillada y con tacones, en lugar de ir disfrazada de santa. Venga, vamos, dije cuando vi que no había nadie, cogí una caja y entré corriendo. Él entró con las otras dos. Dentro estaba oscuro, abríamos a las cinco y todavía faltaba media hora. Entonces se me acercó y, sin darme tiempo a decir nada, me besó. Aquel primer beso fue como abrir de repente un frasco de *eau de parfum* y sentí que me ahogaba. Cuando se acabó nos abrazamos y me dijo, tengo que ir a Barcelona, *ma petite*, ven el mes que viene. Y, sin más, desapareció.

Mira, ahí está Montse, ha venido a darle un beso a Albert y se ha sentado justo detrás de él. Todo el pueblo cree que son amantes, que a Albert le va la carne y el pescado, y seguro que a los dos les va de perlas que lo crean. Pero si a Albert no le atraen las mujeres, a Montse sí le atraen los hombres, casados y con cierto prestigio social. Primero se lió con el maestro de primero de primaria, después con el secretario del ayuntamiento y ahora creo que tiene un lío con el alcalde en persona. Ha ido ascendiendo. Y no me lo invento, qué va, que he visto cómo lo hace, porque tiene la costumbre de llevarse a los hombres a las escaleras del campanario. Durante el rezo del rosario del sábado, que es cuando está en el pueblo y yo también, porque sabe que así seguro que no se les acerca el cura. ¿Quién está en la iglesia cuando los lleva a las escaleras? Yo. Bueno, un montón de viejas y yo. Pero las abuelas pasan el rosario de verdad y yo no, a mí me interesa mucho más lo que pasa detrás que lo que pasa delante.

Tenía dieciséis años cuando perdí la virginidad en manos de Dominique. Y fue en la trastienda, a oscuras, en su siguiente visita. No me pareció que fuera para tanto, la verdad. Me refiero a que no me emocionó terriblemente, sino que más bien me dolió un poco y punto. Las otras veces empezó a ser diferente, pero aquel día no. Además, cuando llegué a casa, me esperaba mi madre, todavía coja, que me miró y me dijo, ese chico te gusta, ¿eh? Aquel día me ruboricé y callé. Ella me cogió de la barbilla y me giró la cara, qué has hecho. Desvié la mirada, nada. Pero tuve la sensatez de rectificar, bueno, nos hemos dado un par de besos, porque vi que mi madre, como bruja que era, no se creería jamás que no hubiese hecho nada con Dominique. Cuando me iba, me advirtió, Nina, no pases de ahí. Sin girarme, para que no me viera los ojos, dije con mucha seguridad, claro que no, soy muy joven. Y para cambiar de tema y despistar le pregunté, oye, cómo se llama la colonia esa que nos traes a Annabel y a mí. Mi madre sonrió y me pareció más bruja que nunca, no tiene nombre ni marca, la preparo yo, es una mezcla especial. No lo sabes bien, pensé.

A partir de entonces siempre me dejó ir a reunirme con Dominique. Creo que a mi madre le gustaba que su hija fuera espabilada, pese a mi juventud, y creía que no pasaría nada, que solo coqueteábamos un poco. Dominique y yo hacíamos siempre lo mismo, dejar las cajas en la trastienda y querernos media hora justa a la vista de Nina Ricci, Chanel y Christian Dior. Después se iba porque le esperaban en Barcelona, adonde también llevaba cajas de perfumes a comercios seleccionados, según me explicó.

Yo, al principio, vivía una película de espías. Me sentía una chica Bond yendo a reunirme una vez al mes con James en la cafetería de la estación, subiendo en su coche vestida un poco como Montse, entrando en la trastienda a escondidas, haciendo el amor en un rincón que habíamos preparado para las ocasiones románticas y después volviéndome a vestir de devota para regresar a casa. No esperaba nada más de él. Quiero decir que no me habría gustado que me propusiera vivir juntos o vernos más a menudo o algo por el estilo. Me parecía bien mantenerlo a distancia. Además, al principio me atraía muchísimo, pero después no tanto, cada vez menos. Y al final la chica Bond tuvo ganas de dejar aquel juego, y le pedí a mamá que volviera a ir ella a buscar las cajas porque quería quitarme de encima al perfumista francés. Qué morro tienes, me dijo, riñéndome un poco, seguro que le has hecho daño, pobre chico. Es que no sé, ya no me gusta, respondí, encogiéndome de hombros. Qué iba a decirle. La relación había durado unos meses. Y por qué no se lo dices tú, me dijo mi madre. Porque yo no sé decir estas cosas y le haría daño de verdad. Mamá me miró con una mueca de disgusto, tienes que aprender a controlar tus impulsos, Nina. Bajé la cabeza y dije, lo intentaré, mamá.

Mi madre le dijo a Dominique que me encontraba mal y por lo visto él se preocupó. Pero ella cambió de tema y le preguntó adónde iba, Dominique le contestó que a Barcelona y que si conocía alguna cafetería de prestigio en la ciudad para llevar a unos clientes nuevos a hablar de negocios y mi madre le recomendó Mauri, porque Annabel siempre decía que estaba muy bien y era muy selecta, que allí quedaría fenomenal porque era un salón de té donde merendaba la *jet* barcelonesa. Él dijo, muy bien, gracias, todavía preocupado por mí. A la visita siguiente, mi madre le dijo que había tenido que irme y él debió de pensar que la cosa no iba como debía. Y a la tercera visita le suplicó que, por favor, me dijera que quería verme solo una vez más, que quería hablar conmigo. Y mi madre me vino con la súplica y suspiré y respondí con toda la calma, ni hablar, estoy embarazada y empieza a notarse. Mi madre, entonces, casi se cae del susto.

Pero hija, me dijo, me dijiste que no te había tocado. Bajé la cabeza. Me mentiste, dijo. No repliqué porque tenía razón. Me soltó un bofetón y por eso sé que mi madre, cuando quería, pegaba fuerte. Eso sí, me aclaró, el bofetón no es por el embarazo, sino por la mentira. Y yo en aquel momento pensé que el bofetón quizá fuera por la rabia que le daba no haber podido adivinarlo mirándome a los ojos, ella, que lo adivinaba todo. Pero es que yo siempre había ido con cuidado de no mirarla directamente cuando hablábamos de Dominique. En cualquier caso, mi madre, después del bofetón, se llevó las manos a la cabeza, salió de la sala y volvió a entrar para decir, este niño necesita un padre. Y volví a decirle que ni hablar, que no quería a nadie porque quería continuar haciendo mi vida e incluso quería estudiar. Entonces, qué vamos a hacer, preguntó. Puedo darlo en adopción, propuse. Mi madre me miró de aquella manera tan suya, tan profunda, ¿estás segura, Nina? Completamente, dije. La verdad es que todavía me preguntaba cómo había podido pasarme aquello, si lo tenía todo controlado. Aquello me enseñó que nunca se tiene todo controlado y aún menos a un hombre, porque el muy loco no la había sacado cuando debía.

Reconozco que la idea fue suya, de mi madre. Me dijo, perderás un curso, fingirás que vas para monja y te encerrarás una temporada en el convento. Allí tendrás al niño y las monjas lo darán en adopción. Después, vuelves y retomas la vida normal, qué te parece. Me parece bien, contesté sin pensármelo demasiado. Qué podía decir. No me gustaba nada la idea de abortar, tendría que haber ido a no sé dónde y hacerlo a escondidas, y me daba miedo que me hicieran daño. Sabía que mi madre era rotundamente antiabortista, de modo que en ese aspecto no habría podido contar con su ayuda. Por otro lado, si tenía el bebé a la vista de todos, se acabaría el aura de santa que tantos beneficios me reportaba, a menos que dijera que me habían violado. Pero era muy complicado y no estaba hecha para inventarme mentiras tan gordas. Me refiero a inventarme mentiras con las palabras. Hay gente que miente maravillosamente. Yo, en cambio, no tengo ni idea. Yo sé mentir con la pose y con la mirada, sin decir nada. Es la gente la que me atribuye unos hechos o una forma de ser que no tienen nada que ver conmigo. Y yo simplemente no lo niego. Solo he mentido una vez con palabras, y fue cuando le dije a mi madre que Dominique y yo solo nos besábamos.

Con las monjas tuve que armarme de paciencia para aguantar sus aires angelicales noche y día. No tenía ni un momento para huir y tenía que ir siempre a misa, al rosario, a maitines y a todo para quedar bien. Mi madre les había contado que yo era muy devota, aunque fingí un embarazo difícil para que me dejaran descansar. Al menos pude leer y escuchar música a ratos. Mi madre me visitaba puntualmente todas las semanas. Cuando venían los demás, poníamos las rejas de clausura por medio y así no me veían la barriga. Aunque, todo sea dicho, los demás no vinieron mucho. Mi madre sí. Y me decía que parecía que Dominique se había olvidado de mí, que por lo visto Barcelona lo atraía mucho y que yo no le importaba tanto, aunque insistía en hablar conmigo cuando pudiera. Y mamá le respondía, ya se lo diré, y conmigo se lamentaba, ay, hija mía, con lo bien que íbamos, los negocios con este chico iban muy bien hasta que os liasteis y ahora, mira, no me deja en paz, todo el rato hablando de ti. Lo siento, le decía yo, pero ya ves mi castigo.

Fue castigo hasta que lo vi. Es decir, hasta que vi a Joanet. Entonces se ve que me salió el instinto maternal, un instinto que ha ido fortaleciéndose. A lo largo de la vida también he descubierto que puede hacerse muy poco contra los instintos. Cuando salió el niño, la monja comadrona que me atendía quiso llevárselo de inmediato. Pero le pedí que me dejara verlo. Y ella que no, que es peor si lo ves. Y se lo llevaba. Entonces chillé como si estuvieran matándome, pegué un grito que las asustó a todas, un grito que no he vuelto a dar, que me deis al niño. Las religiosas se quedaron de piedra. La comadrona miró a la superiora y la superiora me miró a mí. Y, como tenía la cara que tenía, hizo un gesto concesivo a la comadrona y esta me acercó al niño. Y entonces lo vi.

Joanet era pequeño y estaba arrugado. Movía las manitas delante de la cara como para espantar moscas y lloraba mucho. Yo también me eché a llorar. Aquel bebé me había dejado sin la capacidad de interpretar el papel de santa. Me sentía incapaz de todo. Mi hijo me había desarmado. Dádmelo, pedí, alargando las manos. La comadrona volvió a mirar a la superiora. He dicho que me lo deis, insistí sin esperar a la respuesta del alto mando del convento. No sé qué voz tendría, la que me dictaba la pasión por aquella criatura que había venido al mundo y era mía. Cuando tuve al bebé en brazos, lo cubrí de besos. Nunca me había enternecido tanto frente a un ser humano. Miré a la superiora y le dije, me lo quedo.

Me giro hacia Joanet y sonrío. Ayer le conté que es hijo mío. Ahora que ya no viven mis padres, que eran los únicos que sabían exactamente de quién era hijo y lo que pasó, había llegado el momento de contárselo. Y otro día se lo contaré a mis hermanos y se quedarán estupefactos. Ayer, el chico se quedó pasmado. Después hizo una mueca extraña, no sé muy bien de qué, y me preguntó lo que esperaba que me preguntara, por qué me dejaste con las monjas. Le contesté la verdad, mi madre me convenció de que debía hacerlo, Joanet, que si no sería un drama para mí y para la familia, que teníamos que fingir que era como una hermana para ti y así podría visitarte cuando quisiera. Que te atribuiríamos medio año más de vida para que nadie sospechara. Pues no lo entiendo, dijo él, incapaz de asimilar que, de pronto, le había salido una madre de la nada. Y, si hasta ayer me permitía siempre que me acercara, anoche ya no me lo permitió. Comprendí que le había hecho daño, y eso me dolió. Intenté explicar las razones de todo, pero creo que no lo conseguí.

Pero hoy tengo la impresión de que ya lo entiende un poco. Al menos, vuelve a sonreírme. Quizá haya pensado en lo que le dije, mira, has oído hablar de los niños robados, ¿verdad?, en aquella época algunas personas y algunas clínicas recurrían a la siguiente práctica: cuando nacía un bebé, se lo llevaban y le decían a la madre que había muerto y, hala, ya no lo veía, y daban al niño en régimen de adopción a otra familia. Antes las cosas iban así, aunque cueste creerlo, y no lo digo yo, porque lo has visto en la tele y lo has leído en la prensa. Yo, Joanet, tenía dieciséis años y, mientras estuve embarazada, no tuve ningún problema en decir que daría al niño en adopción, así que las monjas no tenían necesidad de hacerte pasar por muerto, si es que llegaron a planteárselo. Por lo visto tenían una familia adoptiva medio apalabrada. Pero, chico, al verte todo cambió. No podía darte a nadie, eras mío. Entró mi madre, en fin, tu abuela, a verme e insistió en que había prometido darte, en que tenía que hacerlo. Estuvo un día entero tratando de convencerme. Y no lo permití, de ninguna manera, no quería separarme de ti. Te quería conmigo. Para ella y las monjas tuvo que ser un desastre y, supongo, para la familia que ya estaba segura de que te adoptaría. Y, cuando vieron que no me convencerían, comenzaron a negociar. El pacto consistió en que te quedarías en el convento, nosotros pagaríamos tu manutención y podría visitarte cuando quisiera. Y por eso me veías constantemente. Siempre he estado a tu lado. Joanet, que hasta ese momento se había mostrado arisco, suavizó la mirada y me preguntó, y tu padre, es decir, mi abuelo, lo sabía. Lo supo después, respondí, y por eso insistió para que le ayudaras en la granja y por eso te enseñó la profesión, estaba muy orgulloso de ti. Faltaba una pregunta clave, quién es mi padre. Contesté con desgana, tu padre era un madrileño que pasó por aquí y al que no volví a ver.

Qué preciosidad de día. Ahora que hemos salido, el sol nos deslumbra. Nos organizamos para ir al cementerio y atraigo al chico hacia mí, al coche.

—¿Cómo estás? —le pregunto antes de entrar.

—Bien, he estado pensando…

Levanta la cabeza y me mira. Es tan simple e inocente como una de las terneras que cuida en la granja. Y eso que ya es mayor. Pero esos ojos no engañan, dicen lo que piensan y no tienen malicia. Me tranquilizo porque no veo rencor en ellos. Una vez dentro del coche, le cojo la mano.

—Fui a vivir a Vic por ti... Para poder verte siempre que quisiera.

Sé que la justificación es triste. En realidad, no sé lo que haría si un día me enterase de que mi madre me ha hecho lo que yo le hice a Joanet. Pero, aunque ahora me parezca una barbaridad, en aquel momento lo consideré una salida razonable.

A papá se lo contamos cuando volví del convento. Y, de común acuerdo con mamá, le dijimos que el padre del niño era quien le conté ayer a Joanet, o sea, un madrileño que había pasado un par de días por Vic y la niña, o sea, yo, se había enamorado de él como una tonta. Nos inventamos lo del madrileño para que no sospechara que se trataba del contrabandista de perfumes ya que, si no, mi madre lo habría tenido complicado para continuar con el negocio, y habría sido una pena. También porque mi madre aseguraba que mi padre, aunque no dijera nunca nada, era muy capaz de ir a partirle la crisma al tipo que había deshonrado a su hija. Por tanto, si no sabía quién era, mejor. Pero si ha sido queriendo, me quejé. Es igual, niña, con eso, los hombres como tu padre tienen un sentido de la deshonra muy particular. Cuando se entere, te dará una bofetada, o dos o tres, y luego intentará localizar al padre para darle un puñetazo. O sea que tienes que estar preparada. Yo creo que tu padre tiene que saberlo, pero será traumático, prepárate.

Mi padre me soltó dos bofetadas exactamente, pero yo, gracias a mi madre, me había preparado para la ocasión. Además, mamá pegaba más fuerte. Sin embargo, en aquel momento parecía no acordarse de que ella también me había pegado, pero cómo puedes pegar a la niña, saltó, es que no te acuerdas de lo que hiciste con la novicia del convento o qué. Era un arma secreta que mi madre se guardaba en el bolsillo y que me pareció excelente, aunque en aquel momento me ardían las mejillas. Es diferente, bramó mi padre. Pues yo lo veo igual, contestó, valiente, mi madre. Y ahora qué, preguntó él. Ahora nada, contestó mi madre, el niño se queda en el convento y la niña, o sea, su madre, es decir, Nina, irá a visitarlo a menudo, muy a menudo, y así no tendrás problemas. Cómo que no tendré problemas, gritó mi padre. Chis, no grites, que te oirá todo el pueblo, le advirtió mi madre. Me da igual, dijo mi padre, mi hija ha deshonrado el buen nombre de la familia y, encima, con un madrileño. Miré a mi padre, que se dirigía a mi madre como si yo no existiera, debía de considerar que con las bofetadas bastaba, que el resto era cosa de ellos. Qué tienes tú que decir de los madrileños, dijo mi madre, si siempre dices que te gustaría ir a Madrid. Coño, Isabel, que un madrileño es un madrileño. Mi padre estaba sofocado y, en consecuencia, rojo como un tomate. Yo nunca le había oído decir tantas palabras seguidas. Y ahora, con lo del madrileño, no entendía muy bien qué insinuaba, quizá les tuviera manía por alguna razón especial o quizá fuera solo por temas políticos, pero en cualquier caso me pareció que no me convenía meterme en aquella disputa matrimonial sobre la hija deshonrada, yo. Debía mantener la prudencia, por mi bien y el de mi hijo. Entonces mi padre remató tal como me esperaba, esto pasa por consentirla demasiado, ya te lo decía yo. Muy bien, concedió mi madre, pues estará muy consentida, pero que sepas que tienes un nieto que vive con las monjas y al que puedes ir a ver cuando quieras, pero será mejor que no le digas nunca que es tu nieto. Entonces mi padre se quedó pasmado. Seguramente, de lo enfadado que estaba, había olvidado que existía un niño y que era su nieto. Y había caído en la cuenta de golpe. Dejó de gritar, negó con la cabeza, dio media vuelta y se marchó. Y nunca más habló de su nieto, pero sé que fue a ver a Joanet al convento varias veces porque me lo dijeron las monjas. Y cuando Joanet terminó los estudios, se lo llevó a la granja.

Mi madre seguía negociando con Dominique, pero, según contaba, la relación fue enfriándose poco a poco. Y Dominique dejó de preguntar por mí. Quizá presintiera que algo lo sobrepasaba o quizá, como deduje después por el drama de Annabel, ya se hubiera liado con mi hermana y también le había hecho perder un curso, porque Dominique era especialista en hacer que las mujeres perdieran un curso. Pasó el tiempo y retomé los estudios de bachillerato. Mis hermanos y la gente del pueblo siempre creyeron que había querido ser monja y que luego había cambiado de idea. Como nadie sabía nada de lo ocurrido, pude mantener el papel de devota que tantos beneficios me había reportado. Y visitaba a Joanet al menos dos veces por semana. Eran los mejores ratos, los que pasaba con él, viéndolo crecer, y las hermanas que lo cuidaban estaban tan contentas con sus avances que lo querían como si fuera suyo y yo, a veces, sentía celos de una de ellas que estaba siempre encima del niño y me habría gustado recordarle a gritos que su madre era yo, no ella, y llevarme al niño a casa. Pero no podía ser, no mientras mis padres me pagaran los estudios, la comida, el alojamiento, todo. Lo haría cuando me ganase la vida. Entonces me lo llevaría a casa y le contaría la verdad. Viviríamos en Vic, donde cada uno hace su vida sin que los demás se fijen en adónde va cuando sale a la calle. Tenía muy claro desde el primer día que lo haríamos así.

Entonces pasó lo que pasó. Tuvimos una Navidad muy tranquila, la primera desde que había vuelto del convento, cuando parecía que todos éramos más o menos felices, cuando parecíamos una familia de verdad, cuando suspiraba por ver a mi hijo para llevármelo a comer con todos, pero mi madre no quería ni oír hablar del tema; una vez pasada aquella Navidad, vinieron unos días crudos, de una niebla espesa que impedía ver nada de noche. Yo continuaba estudiando y estaba sacándome el curso con buenas notas, cuando una tarde cualquiera, que ahora sé muy bien que era el 23 de febrero de 1981, entró en casa Filo, la vecina de al lado, muy alterada, diciendo que encendiéramos la radio, que pasaba algo muy gordo. Que vuelven los militares, que vuelven los militares, exclamaba con las manos en la cabeza. Cálmate, Filo, le dijo mi padre, cómo que vuelven los militares, seguro que es un error, hace años que dejamos atrás la dictadura. No, no, insistió ella, que han vuelto, poned la radio. Dicho lo cual, se volvió a su casa realmente trastornada. Nosotros, claro está, pusimos la radio en el acto. Mi madre todavía no había vuelto de la tienda. En una emisora escuchamos marchas militares y en otra conseguimos que nos explicaran punto por punto lo que estaba pasando. Encendimos el televisor, pero no parecían estar al tanto y volvimos a apagarlo. En la radio sí, en la radio dijeron que habían dado un golpe militar y que habían secuestrado los estudios de Prado del Rey de Madrid.

Pues bien, aquella precisamente fue la noche que Dominique eligió para volver. El padre de mi hijo tenía el don de la oportunidad. Entró mamá en casa, también muy alterada porque todo el pueblo hablaba de lo que estaba sucediendo, y no habían pasado ni dos minutos cuando llamaron a la puerta y ella misma fue a abrir y se lo encontró en el rellano. La oí murmurar, qué haces, de dónde sales, quién te ha dicho dónde vivo. Dominique no murmuraba, sino que habló muy alto, no vengo por ti, vengo por Nina, quiero hablar con ella. No solo lo escuché yo, claro, mi padre también. Quién es ese, me preguntó en voz baja. Fingí una tranquilidad que no sentía, bah, nadie, un amigo de Vic. Pues para ser de Vic habla con un acento rarísimo, replicó él. Sí, dije, encogiéndome de hombros y temblando como una hoja. Cómo has sabido dónde vivía, le insistió mamá a Dominique. Oí una respuesta burlona, te he seguido. Y a continuación, déjame hablar con Nina, por favor. No, dijo mi madre, bastante daño le has hecho ya. Ella sí que me hizo daño, se quejó Dominique alzando un poco la voz. Y mi padre seguía escuchando y yo notaba su mirada clavándose en mi seno izquierdo. Mi madre hacía lo imposible por susurrar y callar al otro, pero no había manera, porque él insistía en hablar conmigo y, lo que era peor, papá seguía enterándose de todo. La radio hablaba de fondo, pero ya no la escuchábamos. Al final, consciente de que la cosa se complicaba mucho, salté de la silla y me dirigí a la puerta. Hola, Dominique, qué quieres, pregunté disimulando los temblores, como si fuera algo superficial que me importase un pimiento. Hablar contigo, dijo él. Me giré hacia mi madre, déjanos solos, por favor. Mi madre no dijo nada y desapareció cerrando la puerta a sus espaldas. Dime, le dije a Dominique, armándome de valor. Era tan atractivo como lo recordaba, era interesante, pero ya no me decía nada. Fue muy claro, por qué te fuiste de aquel modo, por qué no me dijiste nada. Suspiré, Dominique, fue una debilidad por mi parte caer en tus brazos y después dejó de gustarme, ya está, no sé qué más decirte. Como realmente no sabía qué más decirle, parpadeé para redondear la explicación. Ah, y ya está, preguntó él, al ver que no estaba dispuesta a añadir nada más. Sí, dije, con un gesto de los brazos que daba por zanjado mi discurso, si es que podía llamarse discurso. Iba vestida con un chándal de estar por casa y no debía de parecerme mucho a la *femme fatale* que él había conocido cuando nos reuníamos en la cafetería de la estación de Vic. Pero Dominique, para mi sorpresa, cerró los ojos un momento y volvió a abrirlos mientras murmuraba, tu olor me vuelve loco. Le vi el deseo en la mirada. Entonces le dije, mira, ha pasado mucho tiempo y apareces ahora, por qué no has venido antes. Lo había pillado con una pregunta trampa y él se las arregló como pudo, bueno, hasta ahora me he consolado, ya sabes. Pues vuelve con la que te consuela, aproveché para soltarle lo más seca que pude como si estuviera muy ofendida. No puedo, he tenido que dejarla. Pues mira, a mí no me interesas, declaré en el mismo tono seco de antes. Y, cuando me disponía a pedirle que se marchara, pasó lo que tenía que pasar, o sea, que se abrió la puerta y apareció mi padre. Un padre enrojecido, tan enrojecido como el día que descubrió que tenía un nieto.

Miro la caja y recuerdo a mi padre la noche del 23-F. Mientras el teniente coronel Tejero organizaba un espectáculo en el Congreso de los Diputados y Milans del Bosch entraba con los tanques en Valencia, con la radio narrándolo todo de fondo, mi querido padre se dirigió directamente a Dominique y le dijo, eres el madrileño que deshonró a mi hija, ¿verdad?

Y ahora quien lo dijo, o lo que queda de él, acaba de entrar en el nicho. Lo taparán con cemento. Fuera, todos nos callamos, se ha hecho un silencio sepulcral, tal cual, y solo se oyen los trinos de los pájaros. Reina la paz. El chico, a mi lado, tiembla un poco. Si a mí me impresiona ver desaparecer para siempre el cadáver de mi padre tras una capa de cemento, qué le parecerá a él que le hagan eso al abuelo recién descubierto hace unas horas, al hombre que le ha ayudado a amar la granja, los animales y todo lo que ahora es su vida. Lo agarro por la cintura y pienso en cómo les diré a mis hermanos que tienen un sobrino. Quizá después encuentre el momento oportuno.

Hay cosas difíciles de asimilar. Madrileño, yo, preguntó Dominique, extrañado, yo no soy madrileño. No mientas, chico, que te noto el acento, dijo mi padre. Horrorizadas, mi madre, que también había entrado, y yo nos dimos cuenta de que mi padre había confundido el acento francés con el de Madrid. De hecho, visto con el tiempo y la distancia, resultaba tragicómico. Señor, soy francés, declaró dignamente Dominique. Sí, hombre, replicó papá, fuera de sí, y yo soy de la Conchinchina. Pero cómo puede confundirme con un madrileño, exclamó Dominique, también enfadado, enfadadísimo. No te va a servir de nada disimular, dijo mi padre. Eres el que ha deshonrado a mi hija. A cuál, preguntó Dominique. En aquel instante pensé que estaba tomándole el pelo a mi padre, claro, pero después, cuando descubrí lo ocurrido, comprendí que Dominique preguntaba de verdad si se refería a mí o a Annabel, a quien acababa de abandonar.

Mi padre se acercó peligrosamente a Dominique. Resoplaba, he dicho que no disimules, insistió. Intenté interponerme, basta, papá, basta, deja que se vaya, no ha hecho nada.

No sabía cómo explicarme sin que Dominique se enterase de que tenía un hijo. Pero acabó enterándose. Se lo dijo papá. Mi padre, el que ha callado para siempre, el que está en el nicho.

Lo de tener que esperar a que el nicho esté bien tapado con cemento es horroroso, angustioso. No deberían hacerlo. Antes, cuando enterraban a la gente en la tierra, era más romántico. Nos habría gustado incinerar a papá, pero en los últimos días, cuando se vio apurado, nos pidió explícitamente que no lo hiciéramos, que tenía miedo de no estar muerto del todo y que, si te queman vivo, sufres mucho. No supimos qué decirle, solo hemos respetado su última voluntad.

Qué está haciendo Albert. Han acabado de taparlo todo. Es hora de despedirse de los muertos. Veo que mi hermano se dirige hacia otro nicho de un poco más allá. Esperamos a que se vaya todo el mundo y nos acercamos, Annabel, el chico y yo. Es la tumba de Gerard, un antiguo compañero de colegio de Albert que murió de neumonía y con el que creo que no se entendía muy bien. Albert está tan absorto revolviendo la tierra plagada de hormigas que no nos ve.

—Albert, vamos… —digo suavemente, rozándole un hombro.

Entonces se percata de nuestra presencia y, sin levantar la cabeza, dice:

—Murió de sida.

Me quedo muda. Annabel y yo nos miramos y, al cabo de un momento, mi hermana pregunta:

—¿Cómo lo sabes?

Albert la mira directamente. Después nos mira a las dos y, después, a los tres, antes de responder:

—Lo vi morir. Le quería. Le quería mucho.

Me ha sorprendido que dijera que quería a Gerard. Creía, de verdad, que no se soportaban. Y también me ha sorprendido que muriese de sida. Sin embargo, podía haberlo sospechado porque por entonces casi todos los chicos jóvenes que morían de neumonía tenían el virus VIH. Pero lo cierto es que ni lo pensé, está claro que ahí había una historia que se me pasó por alto, cosa que me da un poco de rabia. Pero a Annabel no es precisamente eso lo que la sorprende, sino la salida del armario de mi hermano ante la tumba del que por lo visto fue su gran amor. Le noto en la cara que está estupefacta. Y también que no puede reprimirse y pregunta:

—¿Montse?

Albert la mira con expresión de no entender nada y repite:

—¿Y Montse?

Annabel hace un gesto con las manos y se sonroja un poco.

—Nada, nada...

Yo no me meto. Mi hermana acaba de caerse de la higuera y ahora mismo necesita reestructurar sus ideas. A veces pasa.

Albert se levanta y se limpia las manos.

—Algún día tenía que contároslo.

Ninguno de los tres le contesta. Pobre Albert. Lo cojo del brazo que tengo libre, porque con el otro todavía agarro al chico, y echamos a andar hacia la salida del cementerio.

También agarramos como pudimos a mi padre y a Dominique. Estábamos en la puerta de casa, no os peleéis aquí, que os oye todo el mundo, exclamó mi madre. Y al ver que ni ella ni yo lográbamos separarlos, los obligamos a entrar en la sala a fuerza de empujones y cerramos la puerta. La radio estaba alta, pero nadie la apagó porque nadie se fijó. El golpe de Estado había dejado de importar visto lo que pasaba en casa. Le has hecho un hijo a mi niña. Pero qué dice, saltó Dominique, y entonces me miró a los ojos. Y desvié la mirada, no pude evitarlo, me salió así. Ay, Señor, murmuré, y mientras mi padre agarró a Dominique de la solapa y lo levantó, qué le hiciste, eh, eh, si tenía dieciséis años. Esta vez, el francés ya no preguntó a cuál porque por la edad había quedado claro que se trataba de mí. Y, todavía cogido de la solapa por mi padre, me miró y, con una alegría apenas contenida, me preguntó, tengo un hijo. Levanté la vista para volver a bajarla y admitir, sí, tienes un hijo. Y dónde está. En ninguna parte, no es asunto tuyo, saltó mi padre, en mala hora te lo hemos dicho, para que te lo lleves a Madrid. Que no soy de Madrid, saltó él otra vez. Me miró y me dijo, quiero ver a mi hijo, tengo derecho a verlo, es mío. Entonces pasó lo que pasó, o sea, que mi padre le soltó la solapa y le dijo, nadie deshonra a mi familia y le soltó un puñetazo de repente, tan de repente que Dominique no lo vio venir y la fuerza del brazo de mi padre fue tal que lo tiró al suelo, con tan mala suerte que se golpeó de lleno en la cabeza con el borde del escalón de la cocina. Y ya no se movió.

La que tampoco se mueve del cementerio es Montse. Hace ya rato que ha desaparecido, y eso que había venido con Albert. Ahora la veo en un rincón con el alcalde. No se le acerca mucho, solo le dice algo, habrán quedado para verse en las escaleras del campanario. Con un poco de suerte será el sábado, cuando toque ir al rosario. Ya me fijaré. Nosotros ahora nos vamos, y me agarro con fuerza del brazo de Albert, que me dedica una sonrisa. La muerte del corazón es dura y acabo de descubrir que mi hermano ha cargado con ese peso él solo durante muchos años. Me gustaría poder compensarlo de algún modo, pero no sé cómo.

Lo que no había modo de compensar era lo de Dominique. Nos quedamos los tres paralizados cuando vimos que se había quedado seco. Mi padre, aún más. Se agachó, lo sacudió un poco y dijo, ay, Dios mío, no quería. Después los tres lo tocamos frenéticamente por todos lados en busca de un pulso que no tenía. Y, claro, yo todavía no sabía nada de medicina, pero era capaz de reconocer a un muerto y enseguida tuve claro que Dominique era uno de ellos. Y mi padre, consciente de lo que había hecho, se llevó las manos a la cabeza y exclamaba sin parar, ay, Dios mío, ay, Dios mío, perdóname, perdóname, dando vueltas por la sala. El hombre perfecto que saltaba los muros y seducía a novicias había perdido el norte porque había matado a un hombre sin querer. Mi madre, mientras, haciendo gala de una sangre fría ejemplar, le cerró los ojos al muerto y lo colocó bien en el suelo. Me miró y me preguntó, qué hacemos, como si yo tuviera la respuesta a semejante pregunta. Yo no sabía lo que teníamos que hacer y no contesté. Mi padre, desde el otro lado de la sala, donde se había quedado paralizado, me dijo, avisaremos a la policía. Sí, hombre, saltó mamá, te caerán veinte años de cárcel. Mi madre decidió que teníamos que encontrar otra solución. Pero, claro, qué haces con un muerto en la sala de casa. No es tan fácil. Entonces mi madre comprendió que tenía que dirigir ella la operación. Mi padre estaba paralizado y yo no podía tomar decisiones por una cuestión de edad. Así que mi madre, comandante en jefe a la fuerza, en primer lugar hurgó en los bolsillos de Dominique hasta que encontró un pasaporte expedido en Lyon donde constaba que se llamaba Jacques. Bien, vamos bien, rezongó, enfadada, encima usaba un nombre falso. Cogió a mi padre, todavía paralizado, y lo sentó en una silla. Como se había impuesto el silencio, caímos en la cuenta de que la radio continuaba relatando el golpe de Estado, que en aquel momento tenía toda la pinta de ir a cambiar las cosas para siempre. Hice ademán de apagarla. No, me dijo mi madre, va bien para hablar sin que nos oigan. Con mi padre en estado catatónico y el cadáver de Dominique presidiendo la reunión de urgencia, dejamos hablar a mi madre, que seguía siendo quien tenía las cosas más claras, a ver, nadie sabe quién es este hombre, os lo digo yo, porque nunca he conseguido que me diera un teléfono o una dirección, se esconde de todo el mundo y dice que se llama Dominique, pero no es su nombre, así que podemos deshacernos del cadáver sin temor porque no creo que nadie lo reclame. Lo dijo así, tal cual. Entonces mi padre se puso a chillar, pero qué dices, qué dices, que lo he matado, que es asesinato. Chis, calla, calla, le pedimos mi madre y yo al unísono, y me levanté para tranquilizarlo cogiéndolo de la cintura. Era curioso, hacía justo un año que me había dado dos bofetones por quedarme embarazada y ahora tenía que consolarlo. Vamos, papá, ha sido sin querer, no pasa nada, le dije, y le acaricié la espalda para que se serenara. Pero era difícil, y aún más con el ruido de la radio, que seguía hablando de lo que pasaba en el Congreso de los Diputados, y el muerto en medio de la sala.

Mi madre, impertérrita, insistió, tenemos que deshacernos del cadáver, hoy es más fácil porque no hay nadie en la calle, todo el mundo está encerrado en casa pendiente de la radio. Sí, convine, intentando centrarme en la cuestión. Mi padre no dijo nada, pero yo noté que temblaba. Bueno, pues qué hacemos con este hombre, dónde lo dejamos. Supongo que lo mejor será enterrarlo, propuse. Sí, pero dónde, me preguntó mi madre, no podemos llevarlo al cementerio ni tampoco echarlo al río porque volvería a la superficie. Pensamos intensamente y entonces pareció que mi padre resucitaba porque dijo, de repente, ya lo sé, al lado de la granja. Mi madre y yo lo miramos con un interrogante dibujado en la frente. Mi padre nos lo aclaró, hay un sitio en la montaña al que solo voy yo con las vacas, no va nadie más, y puedo vigilarlo. Buena idea, vamos, dijo mamá. Dicho y hecho.

—¡Vamos! —grita Annabel a sus hijos y su marido, que se han demorado junto al nicho.

Los tres nos siguen de lejos. Cèlia llora, no ha parado de llorar. Era la que más hablaba con el abuelo. Se llevaban muy bien.

—¿Almorzamos en la fonda? Podemos pedir una mesa para todos —propone Albert.

—Me parece bien —dice Annabel.

—¿Vienes? —le pregunta Albert al chico.

—Sí, viene —respondo con una sonrisa—. ¿A que sí?

—Claro —dice el chico.

Caminamos y levantamos el polvo del camino que conduce del cementerio a la carretera. Después, cada uno coge su coche y nos citamos en la fonda.

Qué distinto llevar a un muerto en una caja que cargarlo en brazos. Realmente, pesa como un muerto, nunca mejor dicho. Fue agotador, y a ninguno se nos había ocurrido que cansaría tanto. Lo que nos preocupaba en aquel momento era que nos vieran, pero no nos vio nadie porque todo el pueblo estaba pegado al transistor. Bajamos a la calle a controlar la situación. No pasaba nada, reinaba el silencio. De vez en cuando, eso sí, pasaba alguien corriendo. Cerramos la puerta de abajo por si se le ocurría volver a Filo o a cualquier otro vecino. Después, volvimos a subir y agarramos a Dominique como pudimos. Entonces nos dimos cuenta de que iba a ser difícil. Se le caían los brazos y las piernas y se quedaban colgando. Al final, fuimos a buscar una manta para envolverlo. Así era más fácil. En silencio, con la radio a todo volumen en la sala, lo bajamos poco a poco hasta la puerta de la calle. Muy bien, dijo mi madre, voy a por el coche y cuando lo traiga, nos aseguramos de que no haya nadie en la calle y lo cargamos detrás. Mientras, no abráis la puerta a nadie.

Toda la operación hasta llegar a la granja fue relativamente sencilla. No nos encontramos con nadie en el pueblo ni durante el trayecto hasta el punto de destino. Una vez allí, papá insistió, más arriba, más arriba, en los pastos. Parecía que ya se había calmado, que había recuperado su tranquilidad habitual. Dejamos atrás el cercado de las vacas y la casa de los dueños. Llegamos frente a una montañita de hierba fresca. Aquí, basta, ordenó mi padre. Metimos el coche por un camino arbolado para que no se viera y nos bajamos. Allí arriba la noche era fría pero clara y el cielo, salpicado de puntitos luminosos, no parecía inmutarse por que fuésemos a enterrar a un muerto ni por que en el Congreso de los Diputados alguien intentara reventar la democracia que tanto había costado conseguir. Un poeta podría haber cantado a las estrellas que brillaban aquella noche en aquel trozo del mundo sin tener en cuenta nada más que la belleza y la serenidad nocturnas. Al fin y al cabo, qué era todo aquel follón de atracos y muertes comparado con la inmensidad del universo. Nada. No era nada.

Mi padre se encaminó, silencioso, hacia la granja. Los perros no le ladraron, sino que le saltaron encima y lo cubrieron de lametones. Nos daba miedo que lo descubrieran los dueños, pero habría sido raro, porque oímos que también estaban pendientes de la radio. Realmente, era una noche perfecta para organizar cualquier fechoría. Como la nuestra, si es que se podía llamar así. Mi padre regresó con dos palas y las soltó donde consideraba que debíamos enterrar el cadáver de Dominique. Después, volvió a bajar. Abrió el capó y sacó al muerto del maletero. Lo subimos a lo alto de la loma por entre los árboles, para que no nos vieran. Cuando subíamos, pasó un coche. Después, mientras lo enterrábamos, pasaron varios más.

Qué noche tan horrible, qué agotamiento. Jamás habría imaginado que costase tanto cavar un agujero para enterrar a alguien. Qué suerte tienen los enterradores que solo tienen que cubrir los nichos con cemento. Nosotros estuvimos casi hasta que amaneció. Solo entonces tuvimos espacio suficiente para que Dominique nos cupiera entero. Y Dominique ya estaba rígido. Ninguno había pensado en el rígor mortis, pero afortunadamente lo habíamos dejado bien estirado y así se había quedado. Cuando lo cogimos y vimos que ya no era una persona, sino un bastón, nos quedamos de piedra, daba repelús, y mi madre, lo noté, estuvo a punto de desmayarse. Venga, un último esfuerzo, dijo mi padre, haciéndose el valiente. Metimos el cadáver entre los tres y empezamos a cubrirlo con paletadas de tierra, con todas las que pudimos. Cuando acabamos, asomaba el sol. Bueno, no pudimos acabar del todo, pero papá dijo que ya se ocuparía él luego. Se quedó en la granja y no sé cómo aguantó despierto todo el día. Nosotras volvimos a casa y, mientras mi madre iba a abrir la tienda, yo me acosté. Dijimos en el instituto que me encontraba mal. Y, claro, no nos enteramos prácticamente de nada de lo de Tejero y los demás militares. Pero a mediodía mi madre apareció en casa con los periódicos y yo me pasé toda la tarde viendo la televisión. Cómo podía presentarme ante mis compañeros de clase sin saber en qué había consistido exactamente el intento de golpe de Estado. Me lo estudié de arriba abajo y al día siguiente pude ir al instituto sin miedo a parecer ausente del mundo. Con todo, no me hicieron mucho caso, yo no hablaba mucho, era un poco la mascota silenciosa de mis compañeros. Pasaste miedo, me preguntaron refiriéndose a los militares. Y se apiadaban de mí, como si yo fuera la más débil y no pudiera soportar determinadas cosas. Pobre Nina, exclamaban. Y yo respondía, Dios ha querido que no pasara nada. Y es que el teatro continuaba. Y la vida, también.

Durante los días posteriores a la muerte y el entierro de Dominique mis padres parecían sonámbulos. Solo yo era la de siempre, solo yo intentaba darles conversación a la hora de almorzar y de cenar, hablándoles de otras cosas. No os preocupéis, había dicho mi padre al regresar hecho polvo de la granja el primer día, nadie va donde lo hemos enterrado, solo las vacas y yo. Las he guiado por encima unas cuantas veces, ha quedado todo aplastado, y ahora iré echando hierba y vigilaré. No dijo nada más, se fue a dormir, que falta le hacía.

Tal como habíamos intuido, nadie reclamó a Dominique. Nadie dijo que había desaparecido un francés, si es que era francés y no nos había engañado a todos y había falsificado su documento de identidad. Al fin y al cabo, era contrabandista e intentaba pasar desapercibido. Si lo buscaron en su país, no sé, nunca lo supimos. Solo quedaba una cosa por hacer, localizar el coche y hacerlo desaparecer de algún modo. Lo encontramos enseguida, estaba cerca de casa. Habíamos cogido las llaves del bolsillo de Dominique. El coche tenía matrícula francesa. Pensamos que, si lo abandonábamos, todo el pueblo se fijaría en que había un coche con matrícula francesa que llevaba mucho tiempo aparcado, si no se habían fijado ya. Por suerte, todos continuaban pendientes de Madrid. Eso le dio tiempo a mamá, que era quien tenía los contactos más extravagantes, para encontrar a un personaje de reputación tan dudosa como la de Dominique, que se llevó el coche y lo hizo desaparecer sin más. A partir de entonces se convirtió en el proveedor oficial de perfumes de mi madre, hasta que entramos en el mercado común europeo y se acabaron las fronteras y los contrabandistas.

Al cabo de unos meses, cuando el curso tocaba a su fin, apareció Annabel con su malograda historia de amor. Mi madre y yo nos quedamos de piedra porque, según todos los indicios, el tal Jean-Paul era ni más ni menos que Dominique. Había desaparecido, era francés y vivía en Lyon, aunque era ilocalizable. Mi madre, además, me había contado que ella le había recomendado a Dominique que fuese a Mauri justo cuando había comenzado la desgraciada aventura de Annabel. Mamá se enfadó muchísimo y, después, cuando nos quedamos a solas, me dijo, a saber si lo hizo por despecho. No, Annabel simplemente lo consolaba, repliqué. Pero si había hablado con mi hermana seguro que había terminado por deducir quién era y quizá mantuvo la relación pensando que explicaría a la familia que tenía un novio francés. El razonamiento de mi madre era lógico, no se me había ocurrido. Pobre Annabel, había recibido un buen golpe por mi culpa. Y además, cuando mamá no estaba, me confesó que había tenido que abortar. Tuve remordimientos de conciencia por lo que había tenido que pasar mi hermana aunque, en el fondo, yo no tenía la culpa. Tú abandonas a alguien y este alguien abandona a otra persona, y esa persona a otra y así sucesivamente, qué complicados somos los humanos.

Le pedí a mamá que, por muy bruja que fuera, dejara de preparar aquella colonia que nos regalaba a Annabel y a mí y que nos diera algo más sencillito, que no atrajera tanto a los hombres con malas intenciones. A mi madre ya se le había ocurrido. La veía muy afectada por lo que había pasado entre sus hijas y el contrabandista que le servía los perfumes, que ahora estaba muerto y enterrado. Dejó de fabricar en la trastienda aquellos potingues que tanto le gustaban y nos regaló *eau de toilette* de verdad, de marca, a las dos. Distintas. Es la que me he puesto esta mañana, porque después de la muerte de mamá he seguido usándola. Me la recuerda tanto…

Nos sentamos a la mesa en la fonda. Hay sonrisas a medias y comentarios desenfadados, a pesar de que no nos atrevemos a sonreír abiertamente porque, al fin y al cabo, acaba de morirse nuestro padre, el abuelo. El chico se sienta a mi lado. Albert se interesa por cómo le va a Annabel con la política.

—Bien, trabajando —contesta ella—, ya veis que estos dos son mayores y ya no me necesitan como antes, así que en las horas libres me dedico a organizar el partido, que buena falta le hace.

—De hecho, no está nunca en casa… —bromea mi cuñado.

—Venga ya, que no es para tanto…

Lo cierto es que Annabel ha encontrado en la política su lugar en la vida. Pero, mientras se come la ensalada con setas, la misma que he pedido yo, comenta extrañada:

—Nos hemos quedado sin saber si papá mató a un hombre…

Me apresuro a intervenir:

—A mí me parece que deliraba. Si supierais las cosas que se oyen en el hospital de la gente que está a punto de morir… Confiesan de todo, de todo lo que no han hecho. Es increíble…

Lo digo con naturalidad. Desde ayer por la mañana niego los hechos con total naturalidad. Oigo a Joanet toser a mi lado y pienso con pena que la única gran consecuencia de la muerte de Dominique fue que no pude decirle al chico que era hijo mío y, por tanto, no pude llevármelo a casa. Era peligroso que lo supiera porque habría preguntado por su padre y podía haberle dado por intentar localizarlo como fuera, lo que nos habría complicado la vida a todos y podíamos haber acabado en prisión, mi padre por asesino y mi madre y yo por cómplices. Valoré si merecía la pena jugarse la libertad de todos y, al final, muy a mi pesar, me pareció que no porque, al fin y al cabo, Joanet me quería como a una hermana mayor, ya tenía suficiente.

Annabel dispara hacia Albert:

—Albert… ¿tienes novio?

A nadie le extraña la pregunta, así que deduzco que Annabel se lo habrá contado a su familia en privado, de camino a la fonda. Albert se sonroja.

—No… No me van los compromisos. Tengo algún amigo, pero nada serio.

Nos mira a todos como si estuviera diciendo que no come patatas al horno, pero sí patatas fritas de bolsa. Le entiendo perfectamente. Mi hermana parece haber encontrado la estabilidad, pero Albert y yo somos diferentes. Yo, en Vic, también voy tirando de amigos, que van cambiando. Los hombres son para distraerte un rato y basta, no les encuentro nada que me lleve a pensar que podría quedarme con uno para siempre. Seré un poco como Montse, solo que yo para esas cosas tengo un piso y ella parece disfrutar con el riesgo de citarse en las escaleras del campanario. De todo hay en la viña del Señor. Y, hablando del Señor, todos siguen creyendo que tengo alma de monja a pesar de que hace tiempo que ya no me visto como solía hacerlo de adolescente, porque no aguantaba más saliendo a la calle con aquella pinta tan triste.

Mi padre nos mantuvo al corriente de la tumba improvisada de Dominique. Le llamaba el madrileño, siempre le llamaba el madrileño, no hubo forma de que entendiera que era francés, para él era lo mismo ser de Madrid que de Lyon. Pues comienza a crecer la hierba, nos decía, y las vacas le han cogido el gusto, ya no se nota nada, y así fue pasando el tiempo y, al final, no quedó ni rastro de la tumba. Y nadie comentó nunca nada, nadie buscó a Dominique, al menos aquí, por la zona. El madrileño de Lyon era historia.

Mi padre ha muerto, lo hemos enterrado hoy. Y en sus últimos momentos de vida se le ocurre decir que ha matado a un hombre. Casi me caigo de culo, aunque he aguantado con mi actitud habitual la natural extrañeza y el desconcierto evidente de mis hermanos e incluso he tenido la sangre fría de asegurarles que aquel día los tres estuvimos escuchando la radio y que ya pasaban bastantes cosas en el país, que en casa no pasó nada. De hecho, sí que escuchamos la radio. Sonó toda la noche. Pero no es verdad, claro, que no pasara nada. Mientras me llevo un poco de helado a la boca, pienso que he tenido suerte de conservar toda la vida mi aspecto de niña devota porque, si no, todos desconfiarían de mí. En cambio así, la gente en general cree que soy buena chica y, por lo que he escuchado en algún comentario cazado al vuelo, hasta mis hermanos están convencidos de que conservo el alma religiosa.

Cuando murió mamá, perdí a mi compañera, a mi amiga, a mi aliada. Un día se cayó de golpe en la trastienda. No salía a atender y nadie sabía qué pasaba. Al final, la clienta que esperaba en la tienda entró y, al verla en el suelo, gritó tan fuerte que todo el pueblo se enteró de que pasaba algo grave. Vino la policía y una ambulancia y todo el mundo, pero no sirvió de nada, ya estaba muerta. Yo estaba en Vic y, al enterarme, sentí que me arrancaban el corazón. Se desplomó el cielo, se apagó el sol, la tierra dejó de fructificar. Durante mucho tiempo no fui yo misma, caminaba haciendo eses, estaba siempre mareada y me devoraba la tristeza. Entonces sí que quería ser monja, quería morir encerrada en un convento. Sin mi madre me parecía que yo no era nadie, que no servía para nada, que no volvería a levantar cabeza nunca más. Me costó mucho superarlo y comprender que tenía que salir adelante sola. Cuando veía al chico, él no decía nada, se quedaba callado a mi lado, en silencio, y a veces me acariciaba un poco el brazo. Y yo pensaba, si supieras que quien ha muerto era tu abuela… Y las lágrimas me inundaban la mente y me decía que no podía continuar porque costaba muchísimo poner un pie delante del otro cargada con la mochila de la vida, que, sin mi madre, era una cruz terriblemente pesada.

Eso sí, tenía a mi hijo, y por él levanté cabeza y por él estoy donde estoy.

Y ahora se le ha muerto el abuelo y eso sí que lo sabe. Si tu padre se altera demasiado, me dijo el médico la semana pasada, le pones esto y se calmará. Y como mi madre, que un día me dio una colonia para seducir, el médico me dio una caja con unas ampollas que contenían una poción mágica para dormir a padres que dicen cosas comprometedoras. Bien, de hecho era para que no sintiera dolor, pero yo la utilicé para que callara. Cuando vi que se iba de la lengua, se la puse. Así se tranquilizó y se llevó nuestro secreto a la tumba. Estos últimos días me había temido que, como efectivamente pasó, le diera un ataque de honestidad o religiosidad, como veo que les pasa a muchos que mueren en el hospital, y me planté a su lado en cuanto Albert me anunció que se moría. Quería mucho a papá, me costará acostumbrarme a su ausencia. Papá era papá y me esperaba todos los fines de semana cuando venía a estar con él y a charlar de nada. Pero no podía permitir que, en pleno delirio, el sacerdote que le daba la extremaunción le perdonara todos los pecados mientras que yo iba a terminar en la cárcel por cómplice de un asesinato con nocturnidad y no sé cuántas cosas más. No, eso sí que no.

Además, ahora que papá no está, he podido contarle al chico una verdad a medias, he podido decirle que su padre era un madrileño que pasó dos días por mi vida y me lo dejó a él de regalo. Ahora ya nadie podrá decirle otra cosa, solo yo, porque nadie sabe nada más, nadie vio a Dominique muerto, con los ojos abiertos sin vida cuando se golpeó con el escalón de la cocina. Nadie vio cómo lo transportamos, cómo nos pasamos toda la noche enterrándolo, cómo nos deshicimos del coche y cómo intentamos olvidarnos de todo. Había una radio que sonaba continuamente y hablaba de acontecimientos políticos muy graves, una radio que distrajo a todo el mundo. Como el rosario distrae al cura cuando Montse se lleva a sus conquistas al campanario. Hay momentos que hay que saber aprovechar. Y actitudes que deben mantenerse, como la mía. Yo tengo que seguir siendo una santa como me enseñó mi madre.

—Venga, vamos…

Un tanto animados por el vino que nos hemos bebido, vamos saliendo todos. El chico va por delante y pienso que ahora, cuando estemos en la calle, les diré que es mi hijo. Pero al salir, ya no le veo.

—¿Habéis visto al chico? —pregunto, extrañada—. ¿Dónde está?

Me contesta Annabel, que me mira con desgana:

—Ha dicho que se iba, que tenía prisa…

Vaya, pues tendré que decírselo otro día, qué vamos a hacerle. Quizá para Navidad, cuando estemos todos. Pero falta mucho. Tal vez en verano… No lo sé, quizá sea mejor que continúen creyendo que no he conocido varón. Ya me lo pensaré.

Joanet

Quién me lo iba a decir, papá, que en paz descanses, que fueras tú. Y que, encima, te matara el abuelo. Reina Santísima. Cuando he atado cabos se me han puesto los pelos de punta. Que santa Margarita se apiade de mi alma si no digo la verdad de cómo me siento ahora mismo: despavorido, sí, helado como si me hubieran tirado al río en pleno invierno. Santa Margarita era la preferida de la hermana Elisenda, que fue quien me hizo de madre, aunque yo nunca se lo decía a mi madre de verdad porque me parecía que tendría celos, no sé por qué, porque yo no sabía ni remotamente que ella fuera mi madre, si siempre me habían metido en la cabeza que yo había nacido antes del día que figuraba en mi partida de nacimiento. Dios no se equivoca, pero los hombres sí, me decían las hermanas, y ellos se han equivocado, ha sido un error humano. Y me lo creía. No sé por qué me lo creía, pero me lo creía, y siempre decía que había nacido en agosto cuando, en realidad, por lo visto nací en diciembre, el día 12, tal como consta en mi carnet de identidad. Y por qué no puedo cambiar la fecha y por qué no se lo contamos a los que apuntan esas cosas, preguntaba a la hermana Elisenda. Y ella me miraba con los ojos muy abiertos y me contestaba, no lo sé, santa Margarita, no lo sé. Y entonces me mandaba con la superiora.

La superiora tenía unos ojos como agujas, una mirada que se te clavaba hasta el fondo en la niña de los ojos y no te dejaba respirar, y tenías que hacer todo lo que decía inmediatamente porque tenía que ser así, porque todas las hermanas lo hacían y yo también. Así te sentías cuando entrabas en su despacho, plagado de silencios, con aquel crucifijo presidiéndolo y un montón de libros en un sinfín de estantes. Siéntate, Joan, siéntate, me indicaba con un ademán. Era la única que me llamaba Joan, para el resto del mundo era Joanet o simplemente chico, sobre todo, en casa de Nina, es decir, en casa de mi madre, y de mis tíos y mis abuelos, Madre de Dios, qué impresión enterarme de pronto de algo que jamás habría sospechado. A ver, decía la superiora hipnotizándome con la mirada, tú que eres un niño inteligente seguro que entiendes que cuesta mucho que esta gente de la administración cambie de idea acerca de un nacimiento, ¿verdad? Yo, no sé por qué, asentía con la cabeza. Anotaron ese día y es ese día, continuaba la superiora, no necesitas decírselo a nadie, solo para asuntos oficiales porque, si no, se liarán. Continuó clavándome la mirada para decirme, hemos instituido el 28 de agosto como tu cumpleaños, ¿no?, pues ya está, dejémoslo así, hay muchos documentos erróneos y mucha gente que, como tú, no sabe cuándo nació, venga, déjalo y reza para que tu alma no se ensucie.

La superiora siempre me decía lo mismo, que rezara para que no se me ensucie el alma. Y yo, si notaba que algo me la ensuciaba, me encomendaba a san Roque, que era el santo que más me gustaba e inmediatamente iba a confesarme, y ya quedaba limpio y podía volver a empezar. Ahora me pregunto, y ellas, las monjas, qué. Me mintieron desde que tuve uso de razón, todas asistieron al parto, según descubrí ayer, ni siquiera avisaron al médico, menos mal que había una hermana comadrona. San Roque, santa Margarita, espero que la hermana Elisenda y todas las demás se hayan confesado de la mentira tan grande que me han colado hasta hoy. Y Nina, o sea, mi madre, también. Está claro que mi madre tenía una razón de peso para no decirme que era hijo suyo. Ayer até cabos cuando pude pensar. Porque al principio no me creía lo que oía y después me ofusqué.

Ayer noté que la tierra temblaba. Ni todos los santos del mundo pudieron salvarme de aquel desastre del alma. Joanet, me dijo Nina, tengo que decirte una cosa. Y yo, como siempre que hablo con ella, mostré una actitud de devoción total, adoraba a Nina, o sea, a mi madre, porque se interesaba mucho por mí, porque siempre iba a verme, porque siempre me daba besos, porque me abrazaba, porque siempre me regalaba cosas y porque siempre me decía que me quería. Cuando Nina iba al convento, la hermana Elisenda desaparecía con cara de pocos amigos y después, cuando regresaba, me cubría de besos y abrazos y yo enseguida pensaba, que Dios me perdone por creer lo que creo, pero yo diría que estas dos se tienen manía. Callaba y las dejaba hacer, tanto a una como a la otra. Y ayer presté suma atención. Y me lo dijo. Y me quedé boquiabierto, no podía cerrar la boca ni podía pensar ni nada. No sospechabas nada, me preguntó al acabar. Negué con la cabeza, ni se me había ocurrido planteármelo por aquello del nacimiento y porque todas las hermanas, mentirosas, me contaban que era monísimo cuando me dejaron en la puerta del convento en un cestito, como Moisés mecido por el Nilo. Y alguna había que hasta se emocionaba mintiendo.

A la pregunta siguiente, y por qué no me lo has dicho hasta hoy, Nina, o sea, mi madre, contestó que era muy jovencita, tenía dieciséis años, y en casa no la dejaron elegir. Me contó la historia de que quería darme en adopción y después, de adopción nada, porque decidió que no me entregaría y al final acordaron que me quedaría en el convento. Y por eso me quedé. Y por qué no me lo has dicho hasta hoy, insistí. Entonces pareció pensárselo un poco, porque no sabía cómo te lo tomarías ni si sería mejor no decírtelo porque ya tenías tu vida y todo eso. Guardé silencio un buen rato. No entendía nada y no sabía si querer u odiar a mi nueva madre. Mentalmente apelaba a santa Margarita, de quien la hermana Elisenda decía que te sacaba de cualquier aprieto, pero santa Margarita decidió no venir en mi auxilio y quedé prisionero de mí mismo. Permanecimos los dos en silencio mucho rato. Yo tenía una gran confusión mental y Nina, o sea, mi madre, intentó acariciarme el brazo. Lo aparté instintivamente, no sé por qué, de repente sentí rencor, un rencor enorme por pasar tanto tiempo teniendo madre sin saberlo.

La pregunta siguiente fue quién era mi padre. Entonces Nina, o sea, mi madre, contestó lo que estuvo dándome vueltas en la cabeza de tal modo que me olvidé del rencor, ah, pues un madrileño del que me enamoré una temporada y que después se fue para no volver. No lo busqué porque no quería saber nada de él. Un madrileño, insistí. Sí, un madrileño.

Un madrileño. El amo, que siempre me pedía que no lo llamara así porque no era el amo, sino sencillamente el capataz de la granja, pues el amo subía a la cima de la loma, que es donde estoy ahora, a hablar con su madrileño, él lo llamaba así, madrileño por aquí, madrileño por allá, qué te parece esto, madrileño, y lo otro, madrileño. Y yo pensaba, pero qué hace, está loco, porque hablaba mirando al suelo como si el madrileño estuviese enterrado allí, me refiero aquí, bajo mis pies. Si me veía, me echaba, vete, me decía, bajaré en un rato, y parecía que por unos instantes regresaba a la realidad y después bajaba y volvía a ser él y se ponía a darme órdenes. Yo siempre creí que aquí había un madrileño enterrado, porque el amo, o sea, mi abuelo, le confesaba de todo. Un día le escuché desde detrás de unos árboles mientras hablaba con el madrileño y le oí quejarse de su mujer, que le obligaba a ducharse en cuanto llegaba a casa porque decía que apestaba a vaca. Al oírlo, decidí que yo también me ducharía al volver de trabajar, por si tenía que visitar la casa donde vivían aquellas mujeres que olían tan bien y me trataban aún mejor, por si acaso la mujer del amo, o sea, mi abuela, se enfadaba y Nina, o sea, mi madre, no sabía dónde meterse por culpa de la peste y evitaba acercarse a mí, con lo que a mí me gustaba.

Durante mucho tiempo no supe qué hacer con el amo y sus conversaciones con el madrileño. Al principio le hablaba de vez en cuando, pero en los últimos tiempos, a medida que fue perdiendo la cabeza, las charlas eran más frecuentes y, estas últimas semanas, le pedía perdón continuamente y hasta lloraba. Y yo pensaba, perdón por qué, y lo veía tan alterado que me planteé avisar a la familia y explicarles lo que estaba pasando. Al final, Reina Santa, iba a buscarle a lo alto de la loma y lo hacía bajar poco a poco, cojeaba mucho y respiraba con dificultad, le costaba poner un pie delante del otro y las vacas ya no le hacían caso, tenía que mandarlas yo. La semana pasada ya lo dejaba sentado en una piedra a esperar que yo acabara el trabajo. Tenía que hacer dos trabajos, Nuestro Señor a veces abusa de nuestra paciencia, y tenía que vigilar al amo y a las vacas, todo a la vez, y tener cuatro ojos en lugar de dos, porque el amo tenía tendencia a escaparse a visitar al madrileño en cuanto podía para pedirle perdón mientras lloraba sin parar. Por qué le pedís perdón, le pregunté al final, una de las últimas veces. Él me miró entre legañas y, al cabo de unos segundos, se dio cuenta de que no estaba solo, de que estaba conmigo. Y me contestó, por nada, aquí no hay nadie, no hay ningún madrileño. Insistió en que bajáramos, así que empezamos a bajar y se cayó y lo llevé a casa medio inconsciente, y ya no volvió a levantarse.

Parece mentira que aquí haya alguien enterrado, siempre lo he visto muy verde. Y las vacas pastan a gusto. Nadie lo diría. Tampoco diría nadie que el enterrado es mi padre. No he estudiado mucho, pero he pensado, y lo que he deducido en este par de días no lo ha deducido nadie porque es muy gordo. Después de estudiar allí mismo, en el convento, tanto las hermanas como Nina, o sea, mi madre, me insistieron para que estudiara algo más. Yo les preguntaba el qué y al final me apunté a unos cursos para cuidar animales porque el amo, o sea, mi abuelo, me propuso ayudarle y, mira, acepté porque me gustaba. Me supo mal dejar el convento, aunque a veces pienso que un joven hecho y derecho como yo no debería lamentar algo así porque allí estaba encerrado, si bien es verdad que en los últimos tiempos me escapaba mucho y por las calles del Señor me había topado con alguna chica con la que había pasado un buen rato y después volvía a casa como si no hubiera pasado nada. Luego el amo, o sea, el abuelo, me dijo, vente al pueblo, y entre Nina, o sea, mi madre, y él me alquilaron un piso, donde estoy ahora. Bueno, ahora no, porque ahora estoy en la loma contigo, papá.

Anoche Nina, o sea, mi madre, se fue para casa preocupada. Normal que lo estuviera, si me había quedado de un modo que no permitía ni una caricia suya, pero es que estaba desconcertado y dentro de mí se mezclaban oleadas de felicidad y de odio y no sabía cómo encajarlas, porque hay oleadas que te inundan y te ahogan. Pues me ahogué y, por dentro, decía, Virgen Santa, qué hago, sácame de aquí, pero la Virgen no estaba para cuentos. Lo probé con san Roque y tampoco. Y allá me quedé, en el banco, abandonado por los santos y por todos. Y ella, la de carne y hueso, al cabo de un rato me dio un beso cálido en la mejilla y las buenas noches y, al marcharse, me dijo, no sabes cuánto he sufrido por no poder tenerte conmigo, no sabes cuánto te quiero.

La habría odiado para siempre si no me hubiera dicho eso. Pero, claro, después de lo que acababa de decirme no podía odiarla, tenía que pensar. Había algo que no terminaba de entender, pero parecía que, tal como decía, no había podido tenerme con ella y todo eso de pelearse con todos y no querer darme en adopción hablaba en su favor, pero por otro lado, si me hubiera adoptado una familia normal habría vivido como un niño normal y habría llevado una vida normal y no una de monjas. Que no es que no las quiera, la hermana Elisenda lloró mucho cuando me marché y también las demás, y la superiora, que ya era muy viejita, me regaló un rosario para que no dejara nunca de ser piadoso, según me dijo con voz temblorosa. Me emocioné. Sí que las quiero, sí, y sí que quiero a Nina, o sea, a mi madre, y no puedo decir que me haya abandonado, pero sí que no me ha tenido con ella como un niño normal y eso duele y, si lo pienso, se me llenan los ojos de lágrimas.

Me he pasado la noche escuchando las horas del campanario, levantándome a mirar las estrellas y acercándome a la nevera a picar alguna cosa de las que deja siempre cuando viene los sábados porque, además de llenar su nevera, llena también la mía y nunca le he pedido que no lo haga. Y anoche, cada vez que abría la nevera pensaba en que sí que ha cuidado de mí, pero que no he sido un niño normal. Y de nuevo me asaltaban las lágrimas al pensar en los niños del colegio, que por la noche se iban a dormir a sus casas normales y me mandaban recuerdos para todas mis madres, un poco burlándose, y yo me iba enfurruñado y no les contaba nada a las hermanas para que no se disgustaran. Y resulta que el único que se llevaba los disgustos era yo.

Hoy hemos enterrado al amo, o sea, al abuelo. Yo ya estaba más calmado, pero muerto de sueño, claro. Casi me duermo en la iglesia, pero no podía ser, uno no se duerme en el entierro de su abuelo, queda mal, y qué diría Nuestro Señor, que se fija en todo lo que hacemos desde las alturas. Me he sentado al lado de Nina, o sea, de mi madre, y no me ha soltado en ningún momento, me ha parecido que quería contar que soy su hijo porque, según me dijo, sus hermanos, es decir, mis tíos, no saben nada, que es lo mismo que decir que están en la inopia.

Entonces hemos ido a almorzar. Y a medio almuerzo alguien ha comentado que ayer el amo, o sea, el abuelo, iba diciendo, a las puertas de la muerte, que había matado a un hombre. Y que al final se había llevado el secreto a la tumba.

Y, papá madrileño, he atado cabos. No sé por qué, el que

habría podido ser tu suegro acabó contigo, pero como pienso mucho, me parece que esa es la razón por la que Nina, es decir, mi madre, no pudo tenerme con ella. Porque si se supiera lo que había ocurrido, habrían encarcelado a su padre y quién sabe si también a ella por cómplice. Quizá por eso sigue sin contárselo a nadie, ni siquiera a mí.

Está claro, papá, que cuando lo he entendido me he quedado todavía más de piedra que anoche y la oleada de odio y de felicidad ha desaparecido de repente ante otra oleada de sorpresa que también lo ha inundado todo. Me sentía como una vaca a punto de parir, pensando que menuda le ha caído del cielo y luego descubre que tiene un ternero a su lado y supongo que la vaca dice que quien entienda a Nuestro Señor que lo compre, con perdón por la blasfemia. Pues así me sentía yo este mediodía. Se me ha cortado el hambre, me he quedado mudo, ciego y sordo. Menos mal que nadie me decía nada, porque a mí nunca me dicen nada. Solo pensaba en una cosa, en salir de allí, coger el coche y venir para aquí. Y es lo que he hecho.

Y ahora, papá madrileño, no sé si mi obligación de buen cristiano es desenterrarte y trasladarte al cementerio, pero te ha crecido una hierba tan bonita y lustrosa por encima que tendrías que verla. Y a las vacas les gusta tanto que creo que lo dejaré como está. No vale la pena ponerse a excavar ahora. Hoy me confesaré y ya les contaré al cura y a Dios que tengo madre, que tengo un padre madrileño muerto, debajo de un montón de hierba donde pastan las vacas y que quizá sea mejor dejarlo donde está. Y no hace falta nada más, con que lo sepan Dios y el cura basta, que no sé qué político decía el otro día por la televisión que es mejor no desenterrar a los muertos. Bueno, no sé si se refería exactamente a un caso como este, también cubierto de hierba lustrosa, pero a mí me ha parecido que podía servir de ejemplo.

Y a ti, papá, siempre podré ir contándote todo lo que me pase, aquí, en tu tumba de la loma, mientras de fondo suenan los cencerros de las vacas y vigilo que no se escape ninguna. Al fin y al cabo el amo, o sea, el abuelo, sabía muy bien lo que hacía explicándole sus problemas a alguien que no podía contárselo a nadie. No veo por qué no puedo continuar haciéndolo yo.

Y, sabes qué, me olvidaré de las oleadas que me inundan y me dejaré querer. Ahora tengo madre y está viva. Por san Roque y santa Margarita, más vale aprovecharlo que, tal como están las cosas, nunca se sabe cuándo puede acabarse.

Cantonigròs,
marzo de 2013

Índice